웹소설 작가를 위한 장르 가이드 6

무협

웹소설 작가를 위한
장르 가이드 ❻

武俠

무협

좌백·진산 지음

북바이북

웹소설이라는 낯선 단어가 눈에 띄기 시작한 것은 2010년 이후였다. 웹툰이 먼저 있었다. 인터넷으로 볼 수 있는 만화인 웹툰이 점차 가시적인 성과를 보이면서 강풀과 조석 등 대형 스타 작가도 등장하고, 윤태호의 〈미생〉이 단행본 만화로 출판되어 200만 부를 넘어서고 드라마로도 성공을 거두었다. 인터넷에서 사람의 관심을 끌기 위해 시작된 웹툰이 대중문화의 중심으로 우뚝 선 것이다. 웹소설은 웹툰이 걸었던 길을 따라간다고 볼 수도 있다.

그러나 이미 인터넷 소설이 있었다. 1990년대, 인터넷이 활성화되기 이전 PC통신 게시판에 올린 소설이 인기를 끌었다. 이영도의 『드래곤 라자』와 이우혁의 『퇴마록』을 비롯해 유머 게시판에 올라온 『엽기적인 그녀』와 귀여니의 『늑대의 유혹』 등도 화제였다. 수많은 네티즌이 열광하며 읽었던 인터넷 소설은 책으로 출간되어 수십만, 수백만 부가 팔려나갔다. 『퇴마록』과 『늑대의 유혹』 등은 영화로 만들어졌고, 『엽기적인 그녀』는 한국만이 아니라 할리우드와 중국에서도 영화화되는 등 엄청난 인기를 끌었다. 인터넷 소설의 대중적 인기는 얼마 가지 못해 사그러들었지만, 마니아들은 여전히 남아 있었다.

독자는 언제나 재미있는 이야기를 갈구한다. 최근 조사에 따르면 출판시장에서 국내소설보다는 외국소설이 훨씬 많이 팔리고 있다. 국내소설을 고르는 기준이 작가인 것에 비해, 외국소설은 재미있는 이야기였다. 국내소설은 여전히 순문학이 주도하며, 문장력과 주제의식이 중요하다고 생각한다. 그래서 흥미롭고 즐거운 이야기를 찾는 독자들은 외국소설을 읽게 된다. 베르나르 베르베르, 무라카미 하루키, 히가시노 게이고…

인터넷 소설이 인기를 끌었던 것도, 당시의 젊은 층에게 어필할 수 있는 이야기와 정서를 가지고 있었기 때문이다. 한때 일본에서도 인터넷 소설, 일본판 웹소설이라 할 게타이(휴대폰) 소설이 한참 인기였다. 『연공』, 『붉은 실』 등이 대표적이다. 일본에서 게타이 소설이 젊은 층에게 인기를 끄는 이유는 이랬다. 장르의 애호가가 직접 소설을 쓴다, 연령대가 비슷하여 작가와 독자의 거리가 가깝다, 실시간으로 반응이 오가며 작품에 반영된다, 철저하게 엔터테인먼트 지향이다. 인터넷 소설이 인기 있었던 이유도 비슷했고, 지금 인터넷 소설의 적자라 할 웹소설도 마찬가지다. 과거에는 주로 컴퓨터로 보던 것이 모바일로 바뀌면서 웹소설이라고 이름만 바뀐 것이다.

지금은 '스낵 컬처snack culture'라는 말이 유행이고, 잠깐 즐겁게 소비할 수 있는 문화와 오락이 대세가 되고 있다. 그런 점에서 웹소설은 웹툰보다도 간단하고 용이하게 소비될 수 있는 장르다. 이야기도 필요하지만 그림이 필수적인 웹툰과 비교한다면 웹소설은 진입장벽이 더욱 낮다. 그래서 더 많은 작가가 뛰어들 수 있고 다양한 이야기가 빨리 많이 만들어질 수 있다.

이미 네이버웹소설을 비롯하여 조아라, 문피아, 북팔, 카카오페이지 등 주요 플랫폼에서는 엄청난 양의 웹소설이 올라오고 있다. 네이버웹소설이 공모전을 하면 장르별로 4, 5천 개의 작품이 들어온다. 그만큼의 예비 작가가 있는 것이다. 모 플랫폼의 경우 한 달에 천만 원 이상의 수익을 올리는 작가가 30명이 넘어간다고 한다. 네이버는 그보다 많을 것으로 추정된다. 기존 문단에서 창작으로만 이 정도의 수익을 올리는 작가는 열 손가락으로 꼽을 정도다.

과거의 인터넷 소설이 유명무실해진 것은, 작가가 수익을 올릴 수 있는 방법이 종이책밖에 없었기 때문이다. 인터넷 소설을 게시판에 올려도 수익이 없기에 안정적으로 창작을 할 수 없었다. 하지만 지금은 웹툰이 닦아놓은 기반 위에서 웹소설도 유료화 정책이 가능해졌다. 인기를 얻는 만큼 수익도 많아진다. 웹소설이 아직까지 대중적으로 유명해졌다고 말하기는 힘들지만 산업적으로 자리를 잡아가고 있는 것은 분명하다. 그리고 젊은 층을 중심으로 점점 인기가 높아지고 있다. 종이책으로 따지면, 대중적으로 인지도는 약하지만 라이트 노벨의 판매가 일반 소설에 못지않은 것과 비슷하다.

웹소설은 한창 성장 중이고, 여전히 작가가 필요하다. 하지만 뛰어난 작가의 수는 절대적으로 부족하다. 웹소설을 지속적으로 소비하는 마니아만이 아니라 일반 소설을 읽는 독자의 마음도 사로잡을 정도의 작품을 내는 작가는 많지 않다. 그렇기에 지금 웹소설 작가에 도전한다면 그만큼 성공의 기회도 많다고 할 수 있다.

형식으로만 본다면 웹소설은 대중적인 장르소설이라고 할 수 있다. 로맨스, 판타지, 무협, SF, 미스터리, 호러 등 장르적인 공식을 이용하여 만들어지는 다양한 이야기를 말한다. 소설과 영화에서 장르가 만들어진 것은 대중의 선택을 쉽게 하기 위해서였다. 각자 자신이 선호하는 장르를 찾아내면 지속적으로 즐기게 된다. 마찬가지로 일본의 라이트 노벨에도 모든 장르가 포함된다. 인기 있는 장르는 로맨틱 코미디, 어반 판타지urban fantasy, 스페이스 오페라space opera, 청춘 미스터리, 전기 호러 등이다. 서구의 할리퀸 소설이 판타지와 결합하고 팬픽이 더해지면서 확장된 영 어덜트young adult 역시 수많은 장르를 포괄한다.

그러니 웹소설을 쓰겠다고 생각한다면 일단 장르에 대해 고민해볼 필요가 있다. 내가 어떤 장르를 가장 좋아하는지, 어떤 장르를 가장 잘 쓸 수 있는지… 보통은 내가 좋아하는 장르를 쓰는 것이 제일 수월한 길이다. 내가 보고 싶은 작품을 내가 쓰는 것. 그러기 위해서는 내가 많이 읽어왔다고 해도, 장르에 대해 조금 더 자세하게 알 필요가 있다. 판타지라고 썼는데 독자가 보기에 전혀 다른 설정과 구성이라면, 작품의 완성도와 상관없이 욕을 먹는 경우도 생긴다. 한 장르의 마니아는 선호하는 유형이나 장르 공식이 있는 경우가 많기 때문이다.

'웹소설 작가를 위한 장르 가이드'는 웹소설 작가를 지망하는 사람들을 위해서 기획된 시리즈다. 시작은 KT&G 상상마당에서 진행된 웹소설 작가 지망생을 위한 강의였다. 이전에도 소설 창작 강의는 많이 있지만 의외로 장르에 대해 알려주는 과정은 거의 없었다. 대부분 소재를 찾는 방식, 문장력을 키우는 법, 주제의식 등에 대한 강의였다. 그러나 장르를 쓰기 위해서는 지식도 필요하고, 테크닉도 필요하다. 미스터리를 쓰려면, 일단 미스터리가 무엇인지 알아야 한다. 고전적인 미스터리는 무엇이고, 어떤 하위장르

로 분화되었고, 지금은 어떤 장르가 인기를 얻고 있는지
등. 또 로맨스를 쓰려면 로맨스는 어떻게 시작되었고, 할리
퀸 로맨스란 대체 무엇인지 등을 기본적으로 알아야 한다.
자신의 일상을 담은 소설이나 장르에 구애받지 않고 대하
소설을 쓰는 것도 얼마든지 가능하지만 하나의 장르에 기
반하여 혹은 복합적인 장르를 활용하여 소설을 쓰고 싶다
면 우선 장르에 대해 알아야 한다. 또한 오늘날에는 로맨스
장르만 하더라도 설정에 타임 슬립이나 판타지가 끼어드는
등 장르가 결합되는 경우도 점점 많아지고 있다.

웹소설은 대중적인 소설이고, 재미있는 소설이다. 재미
있는 이야기를 만들어내고, 독자가 원하는 캐릭터가 마음
껏 움직이는 소설이라고나 할까. 엔터테인먼트를 내세우는
소설이라면 가장 먼저 독자의 기호와 취향 그리고 만족이
앞서야 한다. 그 다음이 작품성이다. 주로 킬링 타임이지만
가끔은 지대한 감동을 주거나 깨달음을 주는 작품이 나오
기도 한다. 그렇게 장르는 발전한다. 아직은 웹소설이 변방
에 머물러 있지만 점점 더 중심으로 다가올 것이다. 그러기
위해서는 더 많은 작가와 작품만이 아니라 더 뛰어난 작가
와 작품이 필요하다. 당신이 필요한 이유다.

김봉석

차례

4. 무협소설의 현재

작법 _좌백

무협을 쓰려는 이에게 보내는 편지

1

무협소설이란
무엇인가

무협소설은 무협을 다루는 장르소설이다. 그렇다면 무협이
란 무엇일까? 중국의 무협작가 양우생梁羽生[1]은 다음과 같이
무협을 정의했다.

　　무협이란 무와 협으로 이루어지는데, 혹시 무는 없어
　도 되지만 협은 결코 없어서는 안 된다.

　무협의 핵심은 무와 협이라는, 그리고 무보다는 협이 더
중요하다는 뜻의 말이다. 1950년대부터 활동했던 양우생
의 이 정의는 무협의 핵심을 꿰뚫고 있지만, 모든 경우에
들어맞느냐 하면 꼭 그렇지도 않다. 실제 무협소설을 보면

---

1. 홍콩 무협작가. 본명은 진문통陳文統. 신파新派무협의 시조로, 35편 천만 자에 달하는
작품을 남겼다.

중국이든 한국이든 협객의 정신이 제대로 표현된 소설은
드물다. 그래서 오히려 이렇게 정의해도 틀린 말이 아니다.

　　무협이란 무와 협으로 이루어진다고 하는데, 사실 협
　은 찾아보기 어렵고, 그것 없이도 무협은 성립된다.

　　한 장르의 개념을 짧은 말로 정의한다는 것은 쉬운 일이
아니다. 특히 다른 문화권에 뿌리가 있고, 만들어진 지 수
십 년이 넘은, 그리고 현재까지도 끊임없이 쓰이고 있는 장
르는 더욱 그렇다. 하지만 또한 '정의'라는 것은 짧은 말로
압축되지 않으면 쓸모가 떨어진다. 단순하고 강렬하게 한
장르의 특징을 알아보기 위해 필요한 것이기 때문이다.
　　그런 고로, 무엇이 있어야 한다거나 없어야 한다는 조건
을 따지는 것이 아니라 다른 방향에서 무협의 정체를 더듬
어 볼까 한다. 바로 무협의 키워드들이다. 이 키워드들은
무협의 다양한 스펙트럼 전반에 걸쳐 나타나는 입자들이
다. 당신이 읽는, 혹은 쓰고자 하는 무협이 그 빛띠의 어디
쯤에 위치하는지를 가늠하는 데 지침이 되어줄 것이다.
　　무협을 이루는 네 개의 키워드, 그것은 무, 협, 중원, 과
장이다. 이것을 하나의 문장으로 표현한다면 이렇게 될 것
이다.

　　무협이란 중원에서 펼쳐지는 무와 협에 대한 과장된 이야기다.

무

무武는 무술武術의 무다. 무예, 무도라고도 할 수 있다. 무술이란 간단히 말하자면 인간의 신체, 혹은 병기를 사용해서 펼치는 전투 기술이라고 할 수 있다.

　　그러나 무협적 병기의 개념에는 제한이 있다. 어디까지나 신체의 연장선상으로서의 병기이며 결국 그 병기를 쓰는 사람의 격투 기술에 방점이 찍힌다. 미사일도 병기지만 누가 더 미사일을 잘 쏘나 하는 이야기는 무협의 영역이 아니고, 무협에도 수많은 보검신검이 등장하지만 만약 순수하게 '마법검'의 능력에 기대는 이야기라면 판타지에 좀 더 가까울 것이다.

　　전투 기술이라는 면에서도 짚어볼 부분이 있다. 무술이란 아무리 고매한 말을 덧붙여도 본질적으로 사람을 좀 더 효과적으로 죽이는 기술이라고 말할 수 있다. 실제로 실전 무술에 가까운 무의 재현에 중점을 둔 무협소설에서는 그런 말들이 자주 나오기도 한다.

　　하지만 사람들은 무협의 무술에 대해 단순한 전투 기술만이 아닌 그 무언가를 기대하고 상상한다. 그리고 그 기대와 상상의 핵심에는 기공氣功과 초식招式이라는 개념이 있다.

동양의 전통적인 사상에서는 세상에 기氣가 가득 차 있다고 말한다. 표현을 약간 달리하면 세상은 기로 이루어져 있다고 말할 수 있다. 음양이라고도 하고, 태극이라고도 하고, 삼재, 사상, 오행 등등으로 분류하기도 하는 이 기를 모을 수 있고, 통제할 수 있고, 이용할 수 있다고 믿는 생각이 바로 기공이다.

무협 속의 무술은 이 기공과 떼놓고 생각할 수가 없다. 태극권으로 대표되는 내가권이 특히 그렇다. 내가권內家拳이라는 이름 자체가 내가기공內家氣功, 혹은 줄여서 내공內功이라고 부르는 힘을 수련하는 무술을 말하는 것이다.

이 기공은 〈스타워즈〉 시리즈에서 제다이들이 다루는 '포스force'와 비슷해 보이기도 한다. 눈에 보이지는 않지만 분명히 존재하는 힘이 바로 '기'고, 천지에 충만한 기를 자신의 몸속에 쌓는 것이 곧 '내공'이다.

초식이라는 것은 달리 '투로'라고도 부르는 것인데, 정해진 일련의 동작들을 반복하면서 무술을 수련하는 것, 또 그렇게 정해진 방식을 말한다. 태권도의 품새와도 비슷한 것이다.

이른바 독사출동이니 야마분종, 봉황전시 등등의 사자성어 같기도 하고 아닌 것 같기도 한 단어들이 바로 그렇게 정해놓은 초식들의 이름이다. 본래는 수련의 한 방식에 가깝지만 소설 속에서는 마치 게임의 필살기처럼 쓰이는 경우가 많다.

요약하자면 기공은 일종의 에너지를 다루는 방식이며, 초식은 전투 스킬 콤보와 같은 것이다. 하지만 〈스타워즈〉의 제다이들에게 포스가 단순한 에너지가 아닌 것 이상으로, 무협소설 속의 인물들은 무술을 단순한 기술로만 치부하지 않는다. 무협소설을 읽는 독자들 역시 그렇다.

기는 우주를 구성하는 기본 원리이며, 초식은 그것을 풀어가는 기술이고, 그 모든 것을 현실화해내는 것은 소우주인 인간의 신체다. 무협소설 속의 '무'의 중심은 바로 인간 자신, 그리고 인간 신체와 정신의 무한한 가능성인 것이다.

협

협俠은 협객俠客의 협이다. 협이라는 건 남, 특히 약자를 돕는 마음이다. 어떤 방법으로? 무력을 사용해서. 무술이 무협의 육체라면, 협의는 무협의 정신이다.

옛날에 한 협객이 길을 가다가 슬피 울고 있는 소년을 보았다. 사정을 물어보자 소년은 탐관오리에게 부모와 재산을 잃었는데 자기는 약한지라 복수할 방법이 없어 그저 울고만 있다고 한다. 협객은 농담 삼아서 소년에게 네 목숨을 내게 주면 내가 대신 복수를 해주겠다고 말한다. 그러자 소년은 반색을 하며 협객이 찬 칼을 잠시 빌려달라고 하더니 말릴 틈도 없이 스스로 자신의 목을 베어 죽었다. 협객은 입을 가벼이 놀린 것에 대해 깊이 반성하고 죽은 소년의 복수를 해주기로 결심한다. 그래서 삼엄한 경비를 뚫고 소년이 말한 그 탐관오리를 살해한 뒤 경비병들에게 자신도 목숨을 잃는다.

중국 고대의 전기(傳奇)문학 중 하나에 나오는 이야기다. 약자를 돕고, 옳지 않은 일을 미워하는, 그리고 약속한 일은 반드시 하는, 그 결과 자신이 죽게 될지라도 하고야 마는 것이 협객의 정신이다.

위의 예에서도 알 수 있듯이 협은 부패한 질서에 대한 사적 정의 실현에 기울어 있다. 질서가 잡힌 세상은 사실 살기 좋은 것이다. 그런데 그 질서가 부패했다면? 부패한 질서에도 힘은 있다. 대다수의 힘없는 사람들은 그 힘에 짓눌려 신음한다. 그리고 협객은, 그 대다수의 힘없는 사람들을 대신해 목숨을 걸고 부패한 질서에 대항하는 존재다.

몹시 멋져 보이지만 현실적으로는 문제가 있다. 사적 정의의 실현이라는 것 자체가 복수자의 입장에서는 통쾌하지만 사회 전반의 질서라는 입장에서 보면 위험한 면이 있다.

제자백가 중 법가의 시조인 한비자가 호협하는 무리를 좋지 않게 본 것도 당연하다. 국가라는 시스템이 만들어낸 질서를 개개인의 사적인 판단으로 감히 단죄하려 하는 존재란 그런 단죄의 대상이 되는 입장에서 볼 때는 공포스러운 것이리라. 시스템이 발전한 현대의 윤리에서 보면 협객의 존재는 사회 불온분자, 테러리스트에 가까운 것일지도 모른다.

무협의 주인공인 협객을 위한 변명을 하자면 협객이 검을 뽑는 상황이란 난세, 흔히 말하는 법과 질서가 온전한 구실을 하지 못하는 상황이라는 것이다.

이미 낡아버린 질서가 여전히 힘은 가지고 있기에 사람을 억압하는 상태일 때, 하지만 아직 새로운 질서가 자리잡기엔 이른 그런 상황에서 무협의 주인공은 자신의 몸을 던져 낡은 질서를 부수는 단초를 마련하고 새로운 질서가 자리 잡을 기틀을 만드는 것이다.

협객의 시도는 실패할 수도 있고 성공할 수도 있다. 아니, 계란으로 바위를 치는 것이기에 현실적으로는 실패할 확률이 훨씬 높다. 그러나 그것이 성공했을 때는 새로운 질서로 향하는 위대한 한 걸음이 될 수 있다. 때문에 사람들은 협객의 성공을, 승리를 목마르게 꿈꾼다. 그 꿈이 장르화된 것, 그것이 바로 무협의 키워드, '협'이라고 볼 수 있다.

중원

무협은 중원中原을 무대로 삼는다. 여기서 중원은 공간적 배경이자, 어느 정도는 시간적 배경까지 내포하고 있다. 중원은 중국을 모델로 삼는 세계지만 실제의 중국과는 좀 다르다.

북해빙궁이나 열화신궁 같은 가상의 장소, 혹은 세력이 등장하기도 하고, 중국의 역사에는 없던 사건들이 크게 다뤄지기도 한다. 이런 허구의 요소들이 역사소설 정도의 함량으로 약간만 섞이는 경우도 있는가 하면 판타지로 분류해도 좋을 만큼 아예 비현실적인 세상이 기반이 되기도 하는 등 그 폭은 실로 넓다. 간단히 말해서 중원은 실제의 중국을 모델로 하되 허구의 요소들이 녹아들어간 세계라고 할 수 있다.

공간적 배경으로서의 중원은 황하를 중심으로 한 중국의 중심부이며, 시대적 배경으로서의 중원 역시 중세에서 근대 사이의 시간대를 다루고 있지만, 팩션Faction[2]에 가까운 몇몇 이야기를 제외하고 대부분의 무협에서 실제의 역사는 흐릿한 배경, 때로는 존재하지 않는 배경에 가깝다.

무협의 중원에서는 실제보다 가상의 요소들, 이른바 무림과 강호가 더 또렷하게 드러난다. 야사野史가 정사正史보다 주인공이 되는 배경인 셈이다. 무협이 이렇게 탈역사적 배경을 취하는 현상은 비단 한국 무협만의 일이 아니다. 현대 무협의 발원지인 홍콩과 대만 등에서도 비슷한 경향이 보이는데, 이는 정치·역사적인 환경 때문이다.

지금처럼 중국이 개방정책을 펴기 전에는 대만, 홍콩에

---

2. 팩트fact와 픽션fiction을 합성한 신조어로, 역사적 사실에 근거하여 창조한 이야기.

사는 중국인들에게 있어서 중국이란 동경의 땅이었다. 수 많은 대만과 홍콩의 무협작가들이 그렸던 무림이란 직접 가보고, 살아보고 쓰는 생생한 현장기록이 아니라 가보지 못한 땅, 상상 속에서 미화된 땅이었던 것이다.

한국에서 이러한 거리감, 비현실성은 극단적으로 커진 다. 단적으로 말해서 한국에서의 무협이란 그 기본 성격에 있어서는 판타지와 다름없다. 비현실적인 공간, 환상 속의 공간이라는 것이다.

명나라와 청나라의 모습들이 대충 얽혀진 시공간에 무 협적 환상이 한 겹 덧씌워진 데다가 홍콩 영화를 통해서, 혹은 무협소설 그 자체를 통해서 무의식적으로 만들어진 왜곡된 세계, 그것이 무협이 배경으로 삼고 있는 중원의 이 미지다.

한때 판타지의 걸작 『반지의 제왕』의 공간적 배경인 미 들어쓰Middle Earth[3]를 국내 출판사에서 '중원'으로 번역해서 화 제가 된 적이 있다. 그 번역이 판타지라는 장르에, 그리고 반지의 제왕이라는 작품에 어울렸는가 하는 문제는 차치 하고, 무협의 입장에서는 역설적으로 '중원'이 '미들어쓰'로 번역될 수도 있다는 점이 재미있다.

물론 어떤 무협은 가상의 공간이 아니라 실제의 중국 역

---

3. J. R. R. 톨킨의 판타지 소설 『반지의 제왕』의 배경 세계로, 중간계, 가운데 땅 등으로 번역되고 있다.

사에 가깝게 쓰이기도 한다. 하지만 무협의 '중원'은 그런 접근까지 아우른 보다 넓은 상상의 시공간이라는 것은 잊지 않도록 하자.

과장

이제 무협 장르의 키워드 중에서 가장 괴상한 키워드에 대해 이야기할 차례다. 바위를 부수는 장풍, 풀잎을 밟고 나는 경공, 손짓 한 번에 수십 수백 명이 쓰러지는 절세의 신공, 그런 모든 무협적 표현 방식에 대한 키워드, 과장誇張이다.

사실 이보다 더 적확한 단어가 있을지도 모르겠다. 혹자는 무협적 환상이라고 말하는 것이 더 어울릴 수도 있고, 허세나 낭만, 클리셰cliché[4]라고 표현하는 것이 나을지도 모른다.

하지만 엄밀히 말해 과장은 환상과는 다르다. 과장의 극단으로 가면 환상과 분명 연결되는 지점이 있지만, 무협의 세계에 적용되는 물리법칙은 대체로 현실의 물리법칙을 완전히 재구성하지는 않는다.

극단적인 비유를 하자면 이런 것이다. 판타지의 환상세계는 실제 세계의 물리법칙과 완전히 다른 규칙 위에 세워진다. 칠흑 같은 어둠을 밝히기 위해 실제 세계에는 존재하지 않는, 그러나 환상세계에는 존재하는 요정이나 정령을 불러내 그 빛을 이용하는 식이다. 반면 무협에서는 삼매진

---

4. 클리셰란 틀에 박히고 진부한 표현을 가리키는 말이다.

화라는 수법을 사용하거나, 어둠을 꿰뚫어보는 특수한 무공으로 해결한다. 판타지에서는 날개 달린 종족이 등장하지만, 무협에서는 초상비나 허공답보 같은 무공이 등장한다.

물론 요정, 정령의 존재만큼 삼매진화니 초상비니 하는 것도 비현실적이고 황당하기는 엇비슷하다. 다만 접근의 방식이 다르다. 전혀 다른 세계의 법칙을 창조하는 것이 아니라 있음직한 상황을 백배, 천배로 부풀리는 것이 무협이며, 대체로 그 중심은 도구나 세계 요소들이 아닌 인간 능력의 극대화에 쏠려 있다. 또한 비현실적인 무공이 등장하지 않아도 무협은 성립할 수 있다. 실전적인 무술과 무림세계를 그린 이야기도 있다.

과장이라는 키워드는 이야기의 분위기도 말해준다. 서양에는 스워시버클러Swashbuckler라는 장르물이 있다. 과시, 허세의 대명사이기도 한 이 계통의 대표적인 작품은 뒤마Alexandre Dumas(1802~1870)[5]의 『삼총사』다. 달타냥과 삼총사가 벌이는 각종 결투와 모험에서 드러나는 낭만, 허세의 기풍을 상상하면 된다.

무협의 과장은 보다 동양적인 정서에 근거하고 있으므로 많이 다르지만, 어쨌든 무협만의 과장과 허세가 있다. 대부분 현실에서는 맛볼 수 없는 고도의 멋이자 대리만족이라고 할 수 있다.

---

5. 프랑스의 소설가. 대표작은 『삼총사』, 『몽테크리스토 백작』, 『철가면』 등이 있다.

과장은 다른 세 키워드에도 영향을 미치며 접합시켜주는 양념 같은 역할을 한다. 무협의 무는 과장을 만나 보다 비현실적인 격투 기술의 상상력을 펼치게 되고, 중원이라는 세상 역시 과장이라는 양념을 통해 현실에 있는 듯 없는 듯한 매력적인 세상으로 새로 태어난다.

이렇게 무협이라는 장르는 무, 협, 중원, 과장 네 가지의 키워드를 중요 입자로 삼은 풍부한 이야기의 강이다. 강의 중심부나 근원에 가까울수록 네 가지의 키워드는 또렷하게 나타난다. 하지만 하류나 지류에서는 때때로 새로운 변칙들도 보인다.

어떤 무협소설은 과장이 아닌 '실전'을 강조하기도 하고, 어떤 무협소설은 주요 무대가 중원이 아닐 수도 있다. 양우생이 말한 대로 무는 없지만 협은 살아 있는 무협소설도 가능하며, 협에 대해서는 말하지 않고 오직 무술의 극의를 추구하는 것을 목표로 삼는 무협소설도 당연히 있다.

다음 장에서는 이렇게 다양한 무협소설의 여러 가지 지류, 하위 장르에 대해서 알아보자.

2

무협소설의
하위 장르

무협소설의 하위 장르는 여타 장르에 비해 명징하게 분류
하기 힘들다. 따라서 이 항목에서 다루는 것들 상당수는 하
위 장르라기보다 유행하는 소재, 혹은 세대적 구별이라고
해도 무방한 경우가 많다.

그 이유는 무협이 가지는 초장편적 성격 때문이다. 보통
소설책 한 권 분량의 이야기면 장편으로 분류되지만, 무협
에서는 그렇지 않다. 짧아도 서너 권, 길면 스무 권, 서른 권
을 넘어가는 초장편이 보통인 장르다. 초장편이 되면 최초
에 어떤 이야기를 시작했건 간에 결국 연대기적인 장편 서
사가 되기 마련이고, 그러면 온갖 이야기들이 다 동원되어
야 한다.

무협은 주인공 캐릭터의 성장물이기도 하기 때문에 초
강력 고수로 시작한 주인공도 새로운 무공과 신병이기의

수집 과정을 거치기 마련이며, 그 와중에 연애나 라이벌 떡밥 같은 것도 거의 필수적으로 등장한다. 한마디로 이야기가 길어지면 세세한 하위 장르의 구별이 점점 무의미해지기 십상이다.

그러니 어떤 하위 장르의 무협에서 어떤 이야기들만 다룬다, 라고 접근하는 것은 무의미하다. 최초의 발상, 이야기가 기대고 있는 가장 기본적인 토대 정도로 인식하는 것이 좋다.

가장 전통적인 무협의 하위 분류는 1930년대에 이루어졌다. 당시는 무협소설이 근대적 형태를 이뤄가던 시절로, 폭포수처럼 쏟아져 나오던 무협소설의 흐름들을 크게 네 개의 분류로 나누었는데 그것은 각각 검선劍仙, 격기擊技, 협정俠情과 방회幫會 무협이다.

이 네 가지 분류는 약간의 의미 확장만 가하면 백 년 가까운 시간이 흐른 지금도 여전히 유효한 면이 있다. 무협의 중요한 키워드들을 골고루 담고 있기 때문이다. 이 장에서는 위의 네 가지 분류를 좀 더 현대적인 용어로 바꿔 설명하기로 하겠다.

격투무협

격투무협은 근대 무협소설 분류에서는 격기무협으로 분류되었다. 격기란 무림기격소설武林技擊小說을 말한다. 무협의 네 가지 키워드 중에 '무'에 중점을 둔 소설이라 할 수 있다. 보다 강한 무공의 습득, 전투 기술의 메커니즘에 대한 탐색의 재미, 무도의 궁극에 대한 지향 등, 무술을 익힌 무인들이 싸우는 것을 중심으로 펼쳐지는 이야기다. 조금 더 확장시켜본다면, 무협 내부의 파워를 게임처럼 레벨화, 단계화하는 경향 역시 격투무협에 포함된다 할 수 있다.

정증인鄭證因이 이 계열의 비조격인 작가이며 그의 대표작은 『응조왕鷹爪王』이다. 정증인 이후 1960~80년대에는 대만의 유잔양柳殘陽이 이 계통을 이었다고 알려져 있다. 한국 작가들 중에는 용대운이 『태극문』과 『독보건곤』에서 다른 요소들을 압도하는 격기의 작풍을 보여준 바 있다. 좌백의 『생사박』, 설봉의 『산타』 등도 이에 해당한다.

협정무협

협정무협은 달리 언정무협소설言情武俠小說이라고 하는 것을 말한다. 무협의 네 가지 키워드 중 '협'이 극대화된 계열이다. 협객의 정뿐만 아니라 인간관계 전반, 우정과 연애까지도 포괄하여 인간의 감정과 의지를 강조하는 것이 협정무협이다.

중국에서는 달리 원앙호접파鴛鴦蝴蝶派로 부르기도 하는데, 영화로 더욱 유명해진 『와호장룡臥虎藏龍』을 쓴 왕도려王度廬가 그 비조다. 현대 중국에서는 창월滄月의 『혈미血薇』가 유명하다. 드라마와 감정이 부각되기 때문에 대중적으로도 인기가 많다.

한국에서는 과거 무협 자체가 독자도 작가도 주로 남성들이었기에 협정소설의 기운이 주류라고는 볼 수 없지만, 진산의 『정과검』과 같은 예가 있으며, 임준욱의 『촌검무인』 등에도 협정무협의 기운이 강하다. 최근 웹소설의 시대가 열리고 여성 독자층의 힘이 강해지는 시류와 함께 장영훈의 『천하제일』 『패왕연가』와 같은 로맨스 풍의 무협에 대한 시도가 반응을 얻고 있는데, 그 뿌리는 협정무협이라고 볼 수 있다.

사회무협

사회무협은 무협소설의 네 가지 키워드 중에서 '중원'을 좀 더 파고들어간 계열이라고 볼 수 있다. 중원을 이루는 중요한 구성 요소 중 하나인 강호무림, 그중에서도 무림 사회의 이익 조직들 세계에 천착하는 이야기들이다.

구파무협에서는 달리 방회무협이라고도 했는데, 방회帮會란 이익을 위해 결성된 무림 조직을 말한다. 방회무협은 이런 방회들이 세력 다툼을 하는 내용이 중심으로, 달리는 사회무협소설社會武俠小說이라고도 했다. 중국 근대무협에서는 백우白羽가 대표적인 작가이며 그의 대표작은 『십이금전표十二金錢標』다.

한국에서는 이런 경향을 상대적으로 쉽게 작품 속에서 찾아볼 수 있는 편인데, 주로 무림맹, 혹은 흑백 정사 간의 거대 조직과 세력 간의 싸움에서 야기되는 재미들을 추구하는 경우가 많다. 유재용의 『청룡장』과 같은 작품이 본격적인 세력전의 서사를 펼쳐왔고, 한상운의 『무림사계』는 방회무협의 어두운 부분—'느와르'적인 세계를 표현하고 있다.

환상무협

환상무협은 근대 무협소설에서 검선무협이라고 분류되던 것으로, 달리 신마검협소설神魔劍俠小說이라고도 한다. 무협의 네 가지 키워드 중에 '과장'이 극대화 되어 환상 가까이에 이른 계통이라고 할 수 있다.

환주루주還珠樓主 이수민李壽民이 이 계열의 시조라고 할 수 있으며, 그의 대표작인 『촉산검협전蜀山劍俠傳』이 대표작이라 할 수 있다. 여기에는 신선과 요마가 등장하고 강시와 고루, 용들이 신선과 대적한다. 신선들은 신선답게 학이나 용을 타고 날아다니고, 법보라고 부르는 신검, 거울, 목탁 등을 사용해 요마를 물리친다. 동양적 판타지의 세계인 셈이다.

환주루주 이후 중국에서는 이 전통을 충실히 이어받아 해상격축생海上擊筑生, 취선루주醉仙樓主, 천풍루주天風樓主, 동방려주東方驢主, 동방옥東方玉, 묵여생墨餘生, 정검하丁劍霞, 향몽규向夢葵, 서몽환徐夢還 등의 작가들이 신선과 요마가 등장하는 무협소설을 써왔는데, 이들을 기환선협파奇幻仙俠派라 부르기도 한다.

한국에서는 신마검협소설에 등장하는 강시와 고루 등의 요소는 계통을 불문하고 많이 사용되었지만, 21세기가 되기 전에는 무협의 하위 장르로서 뚜렷이 자리매김되지는 않았다. 이는 신선과 요마가 등장하는 이야기가 중국과는 달리 한국에서는 무협소설의 영역을 벗어난 다른 것, 예컨대 선도소설이나 아동소설로 여겨졌던 문화 때문인 듯하다. 2001년 발간된 천중행의 『흑첨향黑甛鄕』은 한국에서 매우 드물게도 신마검협소설을 표방했으며, 정진인의 『악선철하』도 이 계열에 속하는 소수의 예다.

하지만 21세기 이후 검선무협의 유전자는 판타지와 무협의 퓨전을 보다 용이하게 만드는 역할을 하며 환상무협으로 발전했다. 선인과 요마가 아니라 기사와 드래곤이 등장하는 서양식 판타지와 결합한 판타지 무협, 이른바 이환무협異幻武俠이나 SF적 요소와 결합하여 쓰여진 SF무협, 이른바 과환무협科幻武俠 같은 것이 그 예이다. 이렇게 두 개의 세계를 결합하는 퓨전 무협의 대표적인 작품으로는 전동조의 『묵향』이 있다.

기타

앞서 살펴본 검선, 격기, 협정과 방회라는 네 개의 계통은 1940년대 대만에서 초기격협정파超技擊俠情派라는 이름으로

융합되어 1980년대까지 성세를 누렸다.

대만의 무협평론가 섭홍생葉洪生의 표현에 의하면 초기격
협정파는 "환주루주의 기묘한 소재, 정증인의 종합예술적
인 무술, 백우의 방회들 간의 격투, 왕도려의 의협적인 기
개와 부드러운 정을 널리 채택하여 새로운 낭만 무협의 신
천지를 열어" 당시의 기호에 영합하였고, 단번에 주류의 위
치를 차지하였다. 대표적인 작가를 따로 열거할 필요가 없
을 정도로 여기 속하지 않는 작가와 작품을 찾기가 어려울
정도였다.

그러나 당시 주류였던 초기격협정파에 속하지 않는 두
계통이 있었으니 귀파鬼派와 신파新派 무협이다.

귀파는 진청운陳靑雲과 전가田歌를 대표로 하는데, 피비린
내 나고 살육을 일삼는 극악한 내용을 다루었다. 작품의 제
목과 내용에 귀鬼나 마魔가 자주 쓰였다는 특색이 있다. 요
즘 말로 표현하자면 하드고어 무협쯤 되겠다.

신파무협은 1960년대 중반 고룡古龍이 초류향 시리즈의
첫 편인 『철혈전기鐵血傳奇』를 내면서부터 대만무협계에 도
입, 소개되어 이후 초기격협정파와 더불어 대만무협계를
반분하는 위치를 차지하였다.

그런데 사실 신파란 무협의 특정 계통, 하위 장르라 말하
기 어려운 존재다. 신파란 근세문학, 심지어 고소설의 영향
까지 짙게 남아 있던 이전까지의 무협소설에 대하여 현대문

학의 이론과 기법, 문체와 분위기를 도입한 결과물이었다.

즉 신파무협이란 무협의 현대화 작업이고 그 결과물인 현대화된 무협이었던 것이다. 따라서 신파무협에 대해서는 다음 장의 무협 역사에서 좀 더 다루기로 하고 여기서는 이 정도만 언급한다.

앞서 살펴본 흐름들 외에 몇 가지 하위 장르, 혹은 소재와 경향 상 하나로 묶을 수 있는 분류들을 살펴보자면, 현대를 배경으로 한 현대무협, 학원을 배경으로 한 학원무협 등이 창작되고 있기도 하다. 전자의 대표적인 작품은 고룡의 『절대저두絶代底頭』, 후자의 대표적인 작품은 소설은 아니지만 〈화산고〉, 〈무림학교〉 등의 영화와 드라마가 있다.

특정한 직업, 혹은 신분을 가진 주인공을 등장시킨다는 점에서 하위 장르로 분류될 법한 것으로는 자객무협과 황궁무협이 있다. 자객을 주인공으로 하는 무협은 무협의 시조라 할 자객 형가에게로까지 거슬러 올라가는 유구한 전통을 지녔지만 한국에서 새로운 붐을 일으킨 작품은 고故 서효원의 『대자객교』다.

또한 황궁 출신의 주인공, 즉 황족이거나 황자, 심지어는 황제가 주인공으로 등장하는 무협은 금강의 『절대지존』이후로 한동안 유행한 바 있다. 그 밖에 표사나 추격자와 같은 전문직을 소재로 내세운 무협들도 있으니 이런 것도 하나의 경향, 이를 테면 전문직업 무협이라고 부를 수도 있겠다.

또한 무협의 '과장'을 최소로 억제하며 보다 역사적 사실에 근접하는 중원을 그리는 역사무협이나 한시적인 유행이지만 정치풍자를 앞세운 정치무협도 있다. 전자의 예로는 운중악雲中岳의 『용사팔황』[1] 후자의 예로는 사마달·유청림의 『대도무문』이 있다.

무협의 여러 분류, 혹은 계통에 대해 말했지만 어떤 무협 작가와 작품이 정확히 어떤 한 분류 규정에 맞는 경우는 드물다. 한 작가의 작풍, 심지어 하나의 작품이라 해도 상기한 여러 요소들이 둘 이상, 때로는 모두 섞여서 만들어지지 어느 하나에만 의존하여 만들어지지는 않기 때문이다. 현대로 오면서는 과거에 없던 요소들이 결합되어 위의 방식으로는 분류할 수 없는 작품들이 나오기도 한다.

이런 식으로 문화의 크로스오버가 활발해지고 게임과 현실의 상호작용이 강화되는 상황에서 전통적인 분류 방식으로는 규정할 수 없는 작품들이 더 많이 나올 것이라는 것은 누구라도 예상할 수 있는 일이다. 무협이 꽉 막힌 닫힌 세계가 아니라 열린 세계로 거듭나고 있다는 증거다.

---

1. 국내에 『용사팔황』으로 소개된 이 작품은 사실 운중악의 『팔황용사八荒龍蛇』와 『사해유기四海遊騎』를 하나로 합쳐 번역한 것이다.

3
무협소설의
역사

무협의 기원

당연한 이야기지만 무협의 뿌리는 중국에 있다. 중국이라는 나라의 역사와 공간은 무협의 주무대인 중원이라는 세계의 뼈대가 된다.

무협이라는 문화가 성립한 근본에는 중국인의 상무尙武 정신과 행협行俠 정신이 있었다. 상무라는 건 무술, 무력을 숭상한다는 것이고 행협이라는 것은 협행을 좋아한다는 것이다. 땅덩이가 넓고 이민족의 침략이 잦았던 중국에서는 황제니 천자니 하지만 그 힘과 통치력이 민간 깊숙한 곳까지 미친 일이 드물었다. 지방의 백성에게는 먼 수도에 사는 황제보다는 지방관이 훨씬 강력하고 위협적인 존재였다.

그런데 만약 이 지방관이 무도하기 짝이 없다면 어떻게 할 것인가? 혹은 황제의 힘이 무력하기 그지없어서 지방은 도적과 군벌이 횡행하는 곳이 되어버렸다면 어떻게 할 것인가?

이런 상황에서 자신과 가족을 지키는 힘은 스스로의 무력밖에 없다. 태극권의 발상지인 진가구, 팔극권의 발상지인 창주의 예를 보자면, 한 사람, 혹은 한 명의 명인으로 유명한 것이 아니라 마을 전체가 무술 수련자들로 가득하다. 진가구나 창주의 무술전통은 마을의 안전을 위협하는 도적떼, 그리고 군벌들로부터 마을을 지키기 위한 자경단의 전통이기도 한 것이다. 이런 전통 속에서 무술을 숭상하고 협행을 찬양하는 것은 당연한 일이다. 그리고 그들의 문화 행위에 반영되는 것도 당연하다.

사기열전과 현대 무협소설, 그리고 무협영화를 잇는 긴 역사에는 무수히 많은 문화 행위, 혹은 양식들이 있었지만 간략하게 정리해 말하면 거기에는 소설, 연극, 그리고 이야기꾼이라는 세 형태가 있었다. 이것들은 서로에게 영향을 주고, 때로는 서로 섞여가면서 현대까지 이어졌다.

연극의 대본이 그대로 소설이 된다거나 이야기꾼의 공연에서 읽혀지고, 또 그런 이야기꾼의 공연에서 덧붙여진 것이 문헌의 형태로 남게 된다거나 하는 일은 아주 흔한 일이었다. 우리가 즐겨 읽는 『삼국지연의』나 『수호전』, 『서유기』 등이 모두 그런 식으로 만들어진 것이다.

그 역사를 간단하게 줄이면 무협은 사마천司馬遷[1]의 『사기』에서 시작해서 위진남북조 시대의 지괴志怪, 당나라의 전기傳奇를 거쳐 송나라의 화본話本, 원나라의 의화본擬話本과 잡극雜劇, 명나라의 백화소설白話小說, 그리고 청나라의 공안소설公案小說로 이어진다.

먼저 무협소설의 기원을 알아보자. 여기에는 몇 가지 다른 의견이 있다. 첫째, 사마천의 『사기열전』에 포함된 『자객열전』과 『유협열전』을 시초로 보는 설. 둘째, 당나라 때의 전기傳奇문학 중 몇몇 무협적 이야기들을 무협의 기원으로 꼽는 의견이다. 셋째, 소설적 형식을 갖춘 명나라 말기의 공안소설公案小說(공공의 안, 즉 재판 이야기), 특히 후세에 『판관 포청천』의 원형이 되는 『삼협오의三俠五義』를 꼽는다.

첫 번째 설에 대해서는 『사기열전』이 '있을 법한 허구로서의 소설'이 아니라 '사실의 기록으로서의 역사서'라는 점을 들어 무협의 시초로 보기 어렵다는 비판이 있다. 두 번째 설 역시 전기 문학이 아직은 소설로서의 요건을 갖추지 못했다는 점에서 비판 받는다. 만약 무협소설이라는 범주로 한정한다면 세 번째 설이 가장 사실에 근접할 것이다.

하지만 소설을 포함하는 문화로서의 무협이라는 범주에서 생각한다면 첫 번째 설이 가장 유력하다. 뿐만 아니라 『사기열전』에는 '협'에 대한 가장 유명한 정의가 피력되어

---

1. 중국 전한의 역사가. 『태사공서』의 저자.

있다.

사마천은『한비자』를 인용하여 "협자俠者란 무로써 법을 어지럽히는 무리"라고 협객을 폄하하고 뒤이어 "그들의 말에는 반드시 믿음이 있고 행동에는 반드시 과감성이 있으며 이미 허락한 것에 대해서는 반드시 성의를 다한다. 그 몸을 돌보지 않고 남의 곤경에 뛰어들며, 벌써 생사존망의 어려움을 겪었어도 그 능력이 있음을 뽐내지 않으며, 그 덕을 자랑하는 것을 부끄럽게 여긴다"라며 긍정적인 측면도 기술했다. 이것이 협객의 가장 특징적인 성격을 보여준다.

협객은 단순히 폭력을 휘두르는 불한당이 아니라 신의를 중시하고 남의 곤경을 돕는 자들이라는 것이다. 그래서 춘추시대의 사상가이자 그 자신 협객의 한 사람이었던 묵자墨子는 "협이란 자신을 희생하여 다른 사람을 이롭게 하는 것"이라는 이상적인 가치를 제자들에게 가르칠 수 있었던 것이다.

『자객열전』과『유협열전』에는 여러 가지 재미있는 이야기들이 있지만 아마도 가장 유명한 것은 진시황을 암살하려 한 자객 형가荊軻의 일생일 듯하다.

바람은 쓸쓸하고 역수易水는 차구나
대장부 한번 떠나면 다시 오지 않으리

風蕭蕭兮易水寒, 壯士一去兮不復還

이 노래는 형가가 진시황을 암살하러 떠나면서 부른 노래다. 얼마나 비장했던지 "듣는 사람들의 눈이 부릅떠지고 머리카락이 곤두서서 머리에 쓴 관을 찔렀다"고 사마천은 기록하고 있다.

그는 원래 위나라 사람인데 연나라로 옮겨가 살고 있었다. 당시 진나라에 인질로 잡혀 가 있던 태자 단丹이 탈출했는데, 그는 원래 진나라도, 연나라도 강성하지 못하던 시절에는 훗날 진시황이 되는 진왕 정政과 함께 조나라에서 인질로 지내며 친하게 지냈다. 그런데 진나라가 강성해지자 단을 인질로 잡아와 푸대접을 함으로 해서 진왕 정에게 원한을 품고 탈출했던 것이다.

단은 귀국하자 진왕 정을 죽이지 않으면 연나라는 반드시 패망할 것이라 생각하고 연나라의 명망 높은 인사 전광에게 방법을 물었다. 전광이 자신은 이미 늙어 쓸모가 없으므로 다른 인재를 소개하니 그가 형가였다.

단은 전광을 배웅하면서 "이 사실을 절대 누설하지 말라"고 몇 번이나 당부한 모양이다. 전광은 형가에게 단의 뜻을 전하고는 '덕 있는 사람이 행동함에 있어서 남의 의심을 품게 해서는 안 된다. 그런데 태자는 내게 비밀을 지켜 달라고 몇 번이나 당부했다. 그러니 태자는 나를 의심하고 있는 것이다. 무릇 일을 함에 있어 남의 의심을 품게 해서는 절개와 협이 있는 사람이라고 할 수 없다'고 하고 자결

해버렸다.

이것 역시 자존심과 명예를 귀하게 여기고 목숨을 초개와 같이 여기는 협객의 한 단면을 보여주는 일화라 할 것이다.

단의 앞에 나간 형가는 두 가지를 요구한다. 당시 진왕 정을 배신하고 연나라로 망명 와 있는 진나라 장군 번어기樊於期의 수급과 연나라의 곡창지대인 독항의 지도였다. 독항의 지도를 바친다는 것은 곧 연나라를 바친다는 뜻이다. 즉 무조건 항복의 의미를 갖는다.

태자 단은 독항의 지도는 내줄 수 있지만 번어기 장군의 수급은 줄 수 없다고 거절한다. 피신해온 사람을 죽일 수는 없다는 이유에서다. 형가는 번어기 장군을 직접 찾아가 말한다. 진왕 정을 죽일 방법이 있는데 그러려면 당신의 수급이 필요하다. 번어기는 두 말 않고 목을 찔러 자살한다.

이것 역시 원한이 있으면 반드시 보복해야 한다는 협객의 가치관을 보여주는 일화다. 진왕 정은 그가 탈출한 후 그의 일족 전부를 참살하였던 것이다.

이래서 두 가지 예물을 챙겨 들고 형가는 진나라로 떠난다. 그때 배웅 나온 사람들 앞에서 부른 노래가 위의 〈풍소소혜역수한〉이다. 성공해도 어차피 그 자리에서 참살될 것이기 때문에 돌아올 수 없는 길임을 알고 떠나는 것이다.

여기서 협객이라면 반드시 지켜야 할 절대 가치가 드러난다. 남의 부탁을 받아 하기로 했으면 목숨을 바쳐서라도 수행해야 한다는 것이다. 이것은 역시 『자객열전』에 실려 있는 예양의 일화에서도 공통적으로 강조되는 가치다. 이른 바 '무사는 자신을 알아주는 자를 위해 죽는다'는 것이다.

잘 알려졌듯이 형가는 실패한다. 분노한 진왕 정은 장군 왕전에게 군사를 맡겨 연나라를 정복하고 태자 단을 죽인다. 연나라가 망한 그 이듬해 드디어 중국은 통일되고 통일 제국 진의 왕 정政은 진시황秦始皇이라는 이름으로 자신을 칭한다.

우리나라에서는 개봉되지 않았지만 〈현 위의 인생〉, 〈패왕별희〉의 감독으로 유명한 첸카이거가 1998년 이 형가의 이야기로 영화를 만들었다. 제목은 〈형가자진왕荊軻刺秦王〉(국내 제목 〈시황제 암살〉)으로, '형가가 진왕을 찌르다'라고 해석할 수 있다.

무협의 형성

지괴는 육조시대에 쓰인 기괴한 이야기며, 『열이전』『수신기』 등이 있다. 지괴의 전통은 당대전기로 이어지는데, 『홍선』, 『규염객전』, 『곤륜노』, 『섭은랑』과 같은 무협적 성격이 짙은 이야기들이 본격적으로 나타나기 시작한다.

이 중 『규염객전』을 좀 더 자세히 소개해보기로 하자. 전기란 기이한 일을 전한다는 뜻이다. 문학의 초기 형태에서는 사실과 허구가 확연하게 구분되지 않는다. 전기 역시 기록인 것이다.

단지 직접 보거나 겪은 일이 아니라 들은 이야기를 전하는 것이다. 재미있고 기이한 일을 들었는데 사실인지 확신은 안 가지만 그냥 여기 적어둔다는 식이라고나 할까. 이런 식의 기술 방법은 훨씬 후대에까지 전해져서 청나라 때 포송령은 전해 내려오는 기이한 이야기를 묶어 『요재지이』라는 책을 쓰기도 했다.

『요재지이』를 보면 알 수 있지만 이런 류의 이야기 대부분은 귀신이나 요괴에 대한 것이다. 아무래도 그런 게 가장 기이한 일일 테니까. 하지만 협객이 등장하는 이야기도 몇몇 있는데 그 중 하나가 『규염객전』이다. 규염객虯髯客, 즉 붉은 수염의 사내가 등장하는 이야기다. 『규염객전』은 당나라 때의 문사 두광정이 쓴 것으로 『태평광기』라는 책에 전해져 내려온다. 간단한 줄거리는 아래와 같다.

당나라의 건국공신 중 이정李靖이라는 사람이 아직 당나라가 건국되기 전인 수나라 말엽에 어지로운 세상을 평정할 꿈을 꾸며 홍불紅拂이라는 여자와 함께 천하를 떠돌다가 한 객잔에서 붉은 수염의 사내, 규염객을 만나 의기투합하여 의형제를 맺고 함께 다니다가 후일 당태종이 되는 이세민을 만나게 된다. 규염객은 사실 세력을 모아 수나라를 멸하고 스스로 황제가 되려고 하는 야심을 가진 사내였는데 이세민이야말로 진명천자眞命天子, 즉 황제의 재목임을 알아보고 자신이 모은 세력과 자금을 넘겨주고, 이정에게는 병법을 가르쳐준 후 멀리 이국으로 떠나 후일 부여국왕夫餘國王이 된다.

몇 가지 재미있는 점을 살펴보자.

규염객이라는 이 사내는 이정과 홍불 두 사람과 의기가 투합하자 행낭에서 사람의 심장과 간을 꺼내 칼로 조각을 내서 나눠 먹자고 한다. 그리고는 말하기를 "이자는 천하에 빚을 진 자로서 이 사람을 마음에 품은 지 10년, 지금 막 그를 잡았소. 이제야 근심이 풀리고야 말았소"라고 한다.

김용의 『사조영웅전』에서 곽정과 양강의 부친들이 객잔에서 전진칠자의 하나인 구처기를 처음 만나는 장면을 떠올려보라. 김용이 규염객전의 바로 이 장면을 오마주한 것이다. 김용은 후에 중국의 역사와 민간설화에 나오는 서른세 명의 검객 이야기를 쓴 『삼십삼검객도』에서 『규염객전』에 대해 아래와 같이 기술하고 있다.

『규염객전』은 현대 무협소설이 펼쳐질 수 있는 다양한 길을 제공하였다. 한편으로는 역사적 배경에 의존하면서도 완전히 역사에 의존하지 않음, 젊은 남녀 간의 사랑, 호걸인 남자와 미녀인 여자, 심야의 도주와 추적, 작은 객잔에서의 하룻밤과 뜻밖의 만남… (중략) … 이렇게 많은 사건들이 문장으로 표현되었는데도 의외로 2000자를 넘지 않는다. 그러나 각 인물, 각 사건의 서술은 모두 살아 있는 듯 정교하다. 이렇듯 뛰어나게 정제된 예술적 수완은 실로 사람을 놀라게 만든다. 현대 무협소설은 대체로 10만 자 가량의 글로 이루어졌으나 아직 『규염객전』의 경지에 도달하지 못하고 있다.

또 하나 재미있는 점은 규염객이 후일 부여 국왕이 되었다는 기술이다. 수말 당초에 부여라는 나라는 이미 사라진 후다. 그럼 부여는 어디고 규염객은 누구인가? 중국의 연구자들은 부여란 중국 남쪽에 있던 야만족의 나라였다고 말한다.

그러나 항일 독립운동가이자 사학자, 언론인이었던 단재 신채호는 그의 저서 『조선상고사』에서 규염객은 바로 연개소문이며, 부여는 고구려라고 주장한다. 그리고 그가 부여국왕이 되었다는 기술은 연개소문이 쿠데타로 대막리지에 오른 사건을 말하는 것이라고 주장한다.

연개소문에 대해서는 『삼국사기』에 간단하게 기술된 외에는 의외로 드러난 개인사가 적다. 게다가 그의 젊은 시절에 대해서는 전혀 알려져 있지 않다. 젊은 시절 그가 난폭

했기 때문에 물려받을 권리가 있던 직책인 막리지가 되는
데 다른 대신들의 반대가 많았다는 정도의 기술뿐이다. 바
로 이 점 때문에 연개소문이 젊은 시절 죄를 짓고 중국으로
도망갔다가 후일 돌아왔다는 식의 해석이 가능해지는 것이
다.

단재 신채호의 이 해석은 사학계에서는 받아들여지지
않는데, 역사소설가 유현종의 『연개소문』을 비롯한 소설들
에서는 자주 인용되고 있다. 젊은 연개소문이 중국 땅을 그
냥 유랑한 것이 아니라 이왕 온 김에 이 땅을 삼키려는 야
심을 품고 세력을 키우다가 결국 실패하는 과정에서 당태
종 이세민과 원한관계를 맺었다. 연개소문은 수나라 말엽
의 혼란이 정리되고 당나라가 서는 것을 보고 고구려로 귀
국해서 침략에 대비한 체제정비에 힘을 쏟았다.

후에 당태종 이세민이 유독 연개소문에 대해 원한을 드
러내는 발언을 자주 하고, 결국 무리한 원정을 했다가 눈알
까지 잃고 패주한다는 이야기는 역사적으로는 터무니없는
것일지 몰라도 소설적으로는 재미있을 법한 구성이기 때문
일 것이다.

연개소문과 이세민의 악연에 대한 기술은 중국 쪽에 많
이 남아 있다. 바로 중국의 전통문화 중 하나인 경극에 등
장하는 것이다. 연개소문이 등장하는 경극은 『막리지비도
대전』『살사문』『독목관』등 여러 작품이 있는데 내용은 어

느 것이나 대동소이하다.

고구려를 침략한 당태종을 맞아 싸우러 나온 연개소문이 비도를 던져 궁지에 몰아넣는데, 당나라 장수 설인귀가 연개소문을 죽이고 당태종을 구해낸다는 이야기다. 물론 실제로는 이때 연개소문이 죽지 않았으니 이 이야기는 설인귀의 용맹을 찬양하고 연개소문을 깎아내리는 허구에 불과하다. 바로 이 점 때문에 민족의 영웅을 모독한다고 해서 북한이 중국에 요구, 상기한 경극들을 공연하지 못하게 했다고 한다.

하지만 누군가를 깎아내린다는 것은 그에 대한 두려움을 표현한 것이라고 볼 수도 있지 않을까. 중국의 문헌에 연개소문과 설인귀의 대전에 대해 아래와 같은 시로 찬양한 것이 있다.

비도가 일어나 공중에서 춤을 추네
화살과 비도가 먼지를 일으키며 대적하네
비도가 화살을 대적하니 노을빛이 찬란하네
화살이 비도를 대적하니 화염이 일어나네
공중에서 두 보배가 대적하니 두 장수 모두 신통력으로 겨루네

비도라는 건 연개소문이 다섯 자루의 칼로 비도술을 사

용했다는 전설을 말하는 것이고, 화살이란 설인귀가 사용했다는 신전神箭을 말한다.

한국에서 제작되는 무협 관련 작품들의 공통적인 한계가 중국인이 주인공이 되어 활약하는 이야기를 한국인이 왜 쓰는가, 찍는가, 그리는가, 제작하는가 하는 것이다. 한민족이 중국에 건너가 활약하는 이야기를 만드는 것은 어떻게 보면 비판을 피해가는 잔재주라고 할 수도 있다. 하지만 소재에 따라서는 그런 비판조차 무색해지게 할 수도 있지 않을까하는 것이『규염객전』을 소개한 이유다.

당대 전기를 통해 발아한 무협의 씨앗은 송대 화본話本을 통해 계승된다. 화본은 이야기꾼의 대본을 말하는 것이다. 송대 도시 사람들은 한가할 때 와사瓦舍[2]에서 이야기꾼이 들려주는 설화를 들었는데, 이 이야기꾼의 대본을 화본이라고 불렀다. 무협소설의 전통은 이 시기에는 화본으로 이어졌는데, 이야기꾼이 주로 들려주는 네 가지 종류 중 하나를 소설小說이라 했고, 이 소설의 내용이 주로 박도朴刀[3], 간봉杆棒[4]이 입신출세하는 이야기였다는 것이다.

원나라 때는 송대의 화본을 각색한 의화본擬話本이 창작되

---

2. 기루妓樓를 말한다.

3. 무사를 말한다.

4. 녹림綠林을 말한다.

었으며 잡극[5] 중에서도 무협과 관련한 것이 있었다고 한다.

　명대에 와서 백화단편소설白話短篇小說이라는 것이 활발히 창작되었다. 백화란 읽고 뜻을 풀이해야 하는 고문古文과 달리 읽고 바로 뜻을 알 수 있는 구어체를 말하는 것이다. 이를테면 한자로 기록된 서적과 언문소설의 차이 정도로 생각할 수 있겠다. 명나라 때는 많이 배우지 못한 평민들도 쉽게 이해할 수 있는 구어체의 소설, 혹은 연극 대본이 유행했다. 물론 이때도 이 백화단편소설은 주로 이야기꾼이 찻집, 혹은 술집에서 공연하는 대본으로 창작되었다.

　한편으로는 통속 장편소설도 이 시기에 나왔는데 『삼국지연의』『수호전』『서유기』와 『금병매』 등이 대표적인 작품이다.

무협소설의 갈래

공안소설

청나라 때 와서 드디어 공안소설이 등장한다. 근대적 형태의 소설로서 무협소설의 비조로 불리는 것은 청나라 광서 5년(1879년)에 출간된 『삼협오의』라고 하는데 저자는 문죽주인問竹主人이라는 필명을 쓴 민간의 문인이었다.

---

5. 당시의 연극을 말한다.

『삼협오의』는 본래 북경에서 야담가野談家, 즉 이야기꾼 노릇을 했던 석옥곤石玉崑이라는 사람이 대본으로 썼던 『포공안包公案』을 120회로 편성하여 간행한 것이다. 그 내용은 송나라 때의 명재판관 포증包拯, 즉 포청천包靑天이 억울한 사건을 맡아 협객의사들의 도움으로 불의를 처벌하고 공정한 판결을 내리는 이야기다.

이때 이후로 이것과 비슷한 통속소설들이 쏟아져 나왔는데, 이처럼 공안 사건과 관련해 현명한 청백리 재판관, 그 재판관을 돕는 협객 등이 등장해 억울한 백성의 문제를 해결해주는 이야기를 공안소설이라 일컫는다. 상기한 『포공안』을 비롯해 『시공안施公案』 『팽공안彭公案』 등이 그 예들이다.

이러한 공안소설에 먼 옛날 역수를 건너던 형가의 비장함과 다른 면이 있다면, 이 세계의 영웅들은 국가의 녹을 먹는 관리였으며, 협객으로서의 활동 외에 충의라는 개념과 멀리 떨어지지 않았다는 점이다.

앞서 예로 든 『삼협오의』만 해도 원래의 제목은 『충렬협의전忠烈俠義傳』이니, 황제를 암살하는 것으로 협의를 세우려 했던 형가나, 장님의 몸으로 친우의 복수를 하고자 했던 고점리와는 그 처지나 지향하는 바가 사뭇 달라 보이기도 한다.

구파무협

청나라 때 본격적으로 싹트기 시작한 다양한 근대 대중 무협소설의 씨앗은 중화민국 건국 후로 이어진다. 개항, 서양 및 일본 문명과의 접촉으로 오랜 세월 세계의 중심에 서 있다고 믿었던 '중원'의 사람들이 본격적으로 근대화의 격변이라는 고개를 넘어가는 시기였다.

청말 민국 초, 막 형성 · 발전하기 시작한 근대 도시들을 중심으로 근대적 형태의 무협소설들이 창작되고 읽혀졌다. 이때의 무협소설을 일컬어 구파무협舊派武俠이라고 하는데 북경과 천진을 중심으로 한 북파소설北派小說과 상해를 중심으로 한 남파소설南派小說로 분류한다.

북파의 중심인물은 왕도려王度廬, 정증인鄭證因, 주정목朱貞木, 백우白羽, 환주루주還珠樓主 등이고, 남파에는 평강불초생平江不肖生, 문공직文公直, 고명도顧明道, 요민애姚民哀 등이 있었다.

이들 이후에 비로소 김용, 고룡과 같은 작가들이 나오는데, 그들은 구파무협과 구분하여 신파무협新派武俠 작가라고 부른다. 여기까지 와야 비로소 우리가 아는 무협의 세계가 시작된다.

구파무협을 포함해 그 이전 무협의 원형들은 사실 오늘날의 독자들, 특히 한국의 독자들에게는 이미 잊힌 고대의 화석과도 같은 이야기들일 수 있다. 하지만 무협작가의 대표적 인물로 간주되는 김용도 당대전기인 『규염객전』의 영향을 받았고, 중국 최초의 무협영화인 〈화소홍련사〉 역시 바로 구파무협 작가인 평강불초생의 작품을 원작으로 했듯이, 저 긴 역사적 전통을 생각하지 않고는 오늘의 모습 또한 제대로 알 수는 없을 것이니 간략하게나마 그 긴 역사를 짚고 넘어가는 이유가 그것이다.

신파무협

앞서 무협소설의 하위 장르를 살펴보면서 신파무협에 대해 간략히 언급했다. 신파무협은 구파무협이 검선, 격기, 협정, 방회 네 가지 계열로 발달해 자리를 잡은 이후 등장한 또 하나의 사조지만, 하위 장르보다는 일종의 새로운 경향, 뉴웨이브에 가깝다.

신파무협은 근세문학, 심지어 고소설의 영향까지 짙게 남아 있던 이전까지의 무협소설에 대하여 현대문학의 이론과 기법, 문체와 분위기를 도입한 결과물이었다. 즉 신파무협이란 무협의 현대화 작업이고 그 결과물인 현대화된 무협이었던 것이다.

한국에서 무협이라는 장르를 본격적으로 받아들이게 된 것도 이 시기 이후이니, 신파무협은 사마천의 『사기』로부터 이어진 중국 무협 문화의 뿌리를 현대화하고, 현대문학과 새로운 장르의 영역까지 뻗어나간 본격적인 무협의 새 시대를 연 사조라고 할 수 있다.

무협의 뿌리는 중국에 있다고 했는데, 신파무협이 태동하던 당시의 '중국'은 역사적·정치적 이유로 인해 중국 본토, 대만, 그리고 홍콩이 각각 다른 문화적 발전을 보이고 있었다. 본토를 차지한 공산주의 국가였던 중국, 본토에서 탈주한 장개석 정권이 뿌리를 내린 대만, 그리고 오랜 세월 영국에 조차된 토지였기에 국제 도시로서의 면모를 보였던 홍콩은 같은 중국 문화의 뿌리를 가진 서로 다른 세 형제와도 같았다.

　당시의 사정은 21세기인 오늘날의 중국 상황과도 사뭇 다르다. 현재는 냉전시대가 무너져 중국은 개혁 개방 정책을 펼치고, 홍콩은 중국에 반환되어 특별행정구로 유지되고 있으며, 대만은 여전히 건재하지만 중국의 입김 때문에 내외적으로 곤란을 겪고 있다.

　그러나 신파무협이 형성되던 당시 본토인 중화인민공화국은 냉전시대 죽의 장벽 너머의 폐쇄적인 공산주의 국가였고, 대만은 중국의 정통성을 대표하는 국가로서 유엔 안전보장이상회의 상임이사국이었으며, 홍콩은 그 둘 어디와도 다르게 서구 문화의 영향을 많이 받은 도시였다.

　맏이는 대문을 걸어 잠근 채 폐쇄적인 생활을 하고, 둘째가 맏이 대신 사회에서 집안을 대표하며, 막내는 놀기 좋아하는 성격으로 사교계에서 두각을 드러내고 있는 한 집안 세 형제의 각기 다른 인생 역정을 펼치는 격이던 그 시기,

신파무협은 주로 둘째와 막내, 대만과 홍콩에서 꽃을 피웠다. 신파무협의 중요한 작가들과 함께 그 과정을 살펴보자.

신파무협의 대표적 작가들

양우생(홍콩)

한때 인터넷에 떠돌던 중국 권법자들의 대련 동영상이 있다(https://www.youtube.com/watch?v=ULb3GGgek5Q). 1954년 마카오에서 불우이웃돕기 기금을 모으기 위해 당시 홍콩에서 유명했던 백학권의 고수 진극부와 태극권의 달인 오공의가 대련한 동영상이다.

동영상을 본 사람들의 반응은 대개 "저게 어떻게 고수들의 실력인가. 애들 싸우는 것보다도 못하다", "중국 무술의 허풍이 드러났다. 혼자 연무할 때는 춤처럼 보기 좋지만 실전에서는 아무 쓸모도 없다는 게 저 영상으로 증명됐다"는 것이었다. 고수라는 사람들이 딱 어린애들이 싸울 때 그러는 것처럼 투닥거리는 것처럼 보이니 이런 이야기가 나올 만도 하다.

중국무술을 수련한 사람들 중에서는 "고수들이 서로 안 다치게 하려다 보니 그런 식으로 싸우게 된 것이다"라거나 "그럼 실제로 싸울 때 무협영화에서처럼 아크로바틱한 동작을 보여주고 필살기를 쓰는 줄 아느냐" 등의 반박도 나왔지만 대체로 분위기는 웃긴다는 쪽이었다.

하지만 아마도 1954년 당시 이 대결은 파퀴아오와 메이웨더의 대결, 혹은 알파고와 이세돌의 대결처럼 사람들의 관심을 모은 큰 이벤트였을 것이다. 그러한 이벤트는 이후의 문화에 상당한 영향을 미치기 마련이다.

그런 이유로, 두 무술인의 진짜 실력이 어떤지와는 별개로, 이 대련은 무협소설사에서 아주 중요한 의미를 갖게 된다. 이 대련에 상상력을 자극받은 홍콩의 어떤 사람이 사흘 후부터 이 사건을 빌어 신문에 무협소설을 연재하기 시작한 것이다.

그 소설이 바로『용호투경화龍虎鬪京華』고, 그 사람이 바로 양우생梁羽生이며, 그것이 바로 한동안 단절되었던 무협의 흐름을 다시 잇는 신파무협의 출발이었다. 신파무협의 첫 작품, 그리고 첫 작가는 그러므로 양우생이라고 해도 과언이 아니다. 양우생의 대표작은 다음과 같다.『백발마녀전白髮魔女傳』,『평종협영록萍踪俠影錄』,『산화여협전散花女俠傳』,『연검풍운록聯劍風雲錄』,『대당유협전大唐遊俠傳』. 이 중에서『백발마녀전』은 이제 고인이 된 장국영이 임청하와 함께 주연한 영화로 제작되기도 했다.

양우생은 위와 같은 본인의 작품으로도 무협계에 기여했지만, 또 다른 의미에서 무협계에 큰 영향을 미치기도 했다. 본인이 무협소설을 쓰는 것에 그치지 않고, 원래 취미가 있었던 친구 김용에게도 무협창작을 권한 것이다.

김용(홍콩)

이듬해인 1955년 김용의 첫 작품『서검은구록書劍恩仇錄』이 태어났다. 천지회의 회주인 진가락이 당시 황제인 건륭제의 후궁 중 하나인 향비香妃[6]를 두고 건륭제와 삼각관계를 형성했다는 내용이다. 한국에는『청향비』라는 제목으로 번역 출간된 바 있다.

김용은 한국에는『영웅문』1부로 잘 알려진『사조영웅전射雕英雄傳』으로 인기 무협작가가 되었는데, 이후 친구와 함께 창간한 신문 〈명보明報〉의 판매를 위해서『사조영웅전』의 후속편이랄 수 있는『신조협려神雕俠侶』를 연재했다. 덕분에 〈명보〉는 오늘날 홍콩의 유력지가 되었고, 김용 또한 무협작가로서보다는 언론인으로서 성명하게 되었다.

김용은 따로 지면을 들여 소개할 필요가 없을 정도로 국내에는 가장 널리 알려진 무협작가다. 그의 작품은 대체로 역사무협적 경향을 띠고 있으며, 대표 작품은 다음과 같다.

『사조영웅전』,『신조협려』,『의천도룡기倚天屠龍記』,『연성결連城訣』,『천룡팔부天龍八部』,『소오강호笑傲江湖』,『녹정기鹿鼎記』.

이 중『소오강호』는『소오강호』,『동방불패』등으로 영

---

6. 특이하게도 조선 출신의 후궁으로 설정되어 있다.

화화되었고, 『녹정기』는 주성치에 의해 코믹하게 각색되어 영화화되었다. 『사조영웅전』은 왕가위 감독에 의해 재해석되어 〈동사서독〉이라는 영화로 만들어졌다.

〈동사서독〉은 사실 『사조영웅전』을 재해석했다고 하기에는 무리가 있다. 영화는 그저 동사 황약사와 서독 구양봉, 북개 홍칠공이라는 이름만 가져갔을 뿐 『사조영웅전』의 내용과는 아무런 상관이 없기 때문이다.

그러나 무협영화로서 〈동사서독〉은 큰 의미가 있다. 무협을 소재로 예술적인 표현이 가능하다는 것을 보여준 영화이기 때문이다. 혹자는 "왕가위가 무협으로 시를 쓰려고 했다"고까지 평가하기도 한다. 김용의 팬들은 왕가위가 영화로 『사조영웅전』을 망쳐놓았다고 분노하기도 하지만.

김용은 참으로 여러 가지 의미를 가진 작가다. 그는 물론 뛰어난 무협작가이며, 많은 추종자를 가지고 있다. 그의 작품들은 무협의 지평을 여러모로 확장시켰고, 많은 독자와 작가의 눈을 넓히고 높였다.

그러나 김용이라는 별이 뿜어내는 빛이 너무 강하기 때문일까. 홍콩에서 김용을 뛰어넘는 작가가 나오지 않으면서 무협이 시들었을 뿐 아니라, 대만 무협계 및 심지어 한국 무협시장에서도 비슷한 일이 일어난다. 각각의 시장에 김용이 번역되어 들어가자 잠깐 눈부신 황금기가 찾아들었다가 급격한 쇠퇴를 맞이하게 된 것이다.

혹자는 이를 일컬어 반 농담으로 김용은 한 무협 단계의 종말을 고하러 한 발짝 먼저 오는 저승사자라고까지 하고, 혹자는 김용이라는 작가의 능력이 워낙 출중해 일단 그 경지의 무협을 맛보고 난 이후에는 그보다 못한 다른 무협들을 볼 생각이 나지 않아 무협에 대한 열기가 오히려 시들해진다고도 한다.

홍콩이나 대만, 혹은 한국 무협의 쇠퇴기는 물론 꼭 김용 때문일 리는 없고 자체적인 이유가 있었지만, 어쨌든 한 가지만은 분명하다. 홍콩 무협의 거성 김용의 빛이 그만큼 밝고 강렬하다는 것이다.

고룡(대만)

대만도 홍콩과 비슷한 시기에 구파 무협의 계승자들이 나타났다. 대만의 무협을 시작한 것은 낭홍완郎紅浣이라는 작가였다. 낭홍완은 1952년부터 〈대화만보大華晚報〉에 『고슬애현古瑟哀弦』 등 잇따라 여섯 작품을 발표했는데 『와호장룡』의 작가 왕도려王度廬와 작품 경향이 비슷했다고 한다.

이후 대만 무협은 60년대 중반까지 구파무협을 계승하는 경향의 무협이 주류를 이루었다. 구파무협과 확연히 구분되는 신파무협은 고룡古龍이 등장하면서 비로소 시작되었다.

고룡의 본명은 웅요화熊燿華로 1936년생이다. 대만의 담강대학에서 스페인 문학을 전공했고, 졸업 후 무협소설을 썼다. 죽기 전까지 80여 편의 소설을 썼는데, 그중 많은 수가 영화나 드라마로 제작되었다. 그중 가장 유명한 것이 『초류향楚留香』 시리즈다.

초류향은 도둑이다. 물론 무협소설의 주인공답게 무공도 뛰어난 고수이지만 직업은 도둑이다. 그것도 훔쳐갈 물건의 주인에게 정중하게 서신을 보내 "몇 날 몇 시에 훔쳐가겠소" 하고 예고한 후에 훔쳐간다. 당연히 주인은 무림제일의 도적 초류향을 막기 위해 이런 저런 방어막을 쳐놓는다.

그걸 보기 좋게 파해하고 보물을 훔쳐가는 게 초류향이다. 이런 모티프는 모리스 르블랑의 작품 『괴도 루팡』에서 가져온 것이 분명해 보이지만, 이 부분을 제외하면 고룡은 무협 역사상 가장 특이하면서도 매력적인 주인공을 창조해냈다.

초류향은 도둑이자 해결사이며, 바람둥이면서도 협객이다. 난처한 사람이나 친구를 위해서 목숨을 걸고 돕기도 한다. 어떤 상황에서도 유머를 잃지 않고, 포기하지 않으며, 지혜를 발휘해 난관을 헤쳐나간다. 무엇보다도 그는 현대인의 관점을 가진 현대적인 캐릭터다.

옛날 어느 한 때의 중국이라는 무대에서 움직이지만 현대인의 관점으로 사물을 판단하는 현대적인 이야기로서의 무협소설이라는 것을 처음으로 써낸 작가가 바로 고룡인 것이다. 그게 그가 김용과 함께 신파무협의 두 거두 중 하나라는 이름을 얻게 된 이유다. 그리고 한국 무협에 큰 영향을 준 부분도 바로 그 점이었다.

와룡생(대만)

한국 무협의 형성에 가장 큰 영향을 준 작가로는 흔히 김용과 고룡, 그리고 와룡생을 꼽는다. 이중 김용은 70년대에 한 번 한국에 소개된 일이 있었지만 별 관심을 끌지 못하고 잊혔다가 1986년에 고려원에서 재출간되면서 큰 인기를 끌었다. 그러니 김용의 영향은 1986년 이후에나 작용했다고 할 수 있다.

고룡의 영향은 '야설록'으로 대표되는 한국 무협의 한 경향, 즉 추리 기법을 많이 사용했고, 현대적인 색채가 강조되었으며 현대적인 문장을 주로 사용하는 경향으로 나타났다. 하지만 사실 이런 경향은 한국 무협 전체에서 그다지 큰 부분을 차지하지 않는다. 한국 무협의 주류는 거의 와룡생의 영향 하에서 형성되었다.

와룡생臥龍生의 본명은 우학정牛鶴亭으로 일찍부터 구파 무협 작품을 읽기 좋아했다고 한다. 장개석의 국민군 장교로 있다가 1955년 퇴역한 이후 친구의 권유로 무협소설을 쓰기 시작했다. 그는 한국 무협 초창기에 무협 열풍을 불게 하고, 결국 무협 문화를 정착시킨 일대 공신이다.

1963년 국내에 번역 소개되어 공전의 히트를 친 작품

『군협지群俠誌』가 바로 그의 작품 『옥차맹玉叉盟』의 번역 제목이기 때문이다. 원제를 그대로 살리지 않고 이름을 바꾸어 내는 관행이 있어서 이렇게 됐다.

최초로 번역 소개된 무협소설이 『정협지』, 최초로 히트를 친 작품이 『군협지』라는 이 우연한 겹침은 이후 원래 중국에는 없는 '무협지'라는 명칭이 굳어지는 데 결정적인 영향을 주었다는 이야기도 있다.

와룡생은 무협에서 역사를 제거해버린 사람으로도 무협사에 의미가 있다. 그전까지의 무협소설들이 김용처럼 야담류의 역사라고는 해도 어쨌건 중국의 역사와 관련된 배경에서 이야기를 전개시킨 것에 반해 그는 역사적인 것은 아예 배제해버렸다. 그럼으로써 무협소설은 특정 시대로부터 자유로워져서 절반쯤 판타지 세계로 넘어가버렸다.

무림인들이 백주대낮에 칼들고 싸워도 포졸 하나 개입하지 않는 묘한 공간이 그렇게 해서 가능해졌다. 몇 천 명이 무리지어 전쟁을 방불케하는 사투를 벌여도 황제는 모른 척하는, 어찌 보면 사건 전개하기가 편하기 짝이 없는 무협소설의 가상공간이 이로써 가능해진 것이다.

뿐만 아니라 와룡생은 정형화된 코드를 즐겨 사용했다. 그의 소설에선 대부분 강호무림인들이 정파와 사파로 나뉘어 싸우고 있다. 구대문파를 처음으로 등장시키고 유행시킨 것도 그였다. 오대세가를 설정한 것도 그였다. 이런 설정이

나오지 않는 한국 무협이 몇이나 되는지 생각해보면 한국
무협에 끼친 와룡생의 영향을 충분히 알 수 있지 않은가.

70년대 한국 무협은 와룡생의 시대라고 해도 상관없을
것이다. 실제로 원저자가 누구건 간에 한국에 번역 소개되
는 중국무협은 거의 모두가 와룡생 저, 아무개 번역 형태로
나왔던 것이다. 창작 무협이 시작된 80년대 초반에도 사정
은 비슷해서 초창기 작가들은 와룡생 저, 금강 번역 식으로
소설을 내놔야 했다. 지금 국내 최고의 무협작가로 꼽히는
용대운도 첫 작품과 두 번째 작품은 와룡생 이름으로 냈으
니 더 말할 것이 없을 정도다.

어쨌든 이렇게 대만, 홍콩의 신파무협작가들의 활발한
창작물은 국경을 넘어 한국에도 소개되기 시작했고, 그 영
향을 받아 한국에서도 창작 무협의 시대가 열리게 되었다.

한국 무협의 역사

한국 무협은 1960~70년대의 번역 무협 시대, 80년대의 창
작 무협 시대, 90년대의 신무협 시대, 2000년대의 통신 무
협 시대로 간략하게 구분할 수 있다.

1961년 〈경향신문〉에 『정협지情俠誌』라는 제목의 소설이
연재되기 시작했다. 그리고 이때부터를 한국 무협의 본격
적인 출발점으로 볼 수 있다.

최근의 연구에 의해 최초로 한국에 번역 소개된 무협 소설은 평강불초생의 『강호기협전江湖奇俠傳』으로 맹천이라 는 역자에 의해 1931년 〈동아일보〉에 연재되었다는 사실 이 밝혀졌지만, 현대의 한국 무협이 형성되는 데에는 『정협 지』의 영향이 지대했다.

이것은 대만 작가 울지문尉遲文의 『검해고홍劍海孤鴻』이라는 작품을 고故 김광주金光洲(1910~1973)가 번안해서 연재한 것 이었다. 김광주는 『칼의 노래』로 유명한 작가 김훈의 부친 으로 당시 〈경향신문〉 편집국장으로 재직하면서 무협소설 을 이 땅에 소개했다.

번안이라고 하는 것은 원작 소설을 그대로 번역하는 것 이 아니라 창작의 손길을 가해 이야기를 늘리고, 혹은 바꾸 면서 번역하는 것을 말한다. 원작은 한 권짜리에 불과했는 데 번안하면서 여섯 권 정도의 분량이 되었다니 재창작이 라고도 할 만하다.

김광주는 이뿐 아니라 1966년에는 〈동아일보〉에 심기 운沈綺雲의 『천궐비天闕碑』를 『비호飛虎』로 번안해서 연재했고, 〈중앙일보〉에 반하루주의 『독보무림』을 『하늘도 놀라고 땅 도 흔들리고』로 번안해서 연재했다. 한국에서 무협의 역사 는 김광주에 의해 시작되었다고 말할 수 있다.

1960년대 후반에는 대만 작가 와룡생의 『옥차맹』이 『군 협지群俠誌』라는 제목으로 번역 출간되어 선풍적인 인기를 끌었다. 당시 작은 출판사에 불과했던 동아출판사가 『군협지』 덕분에 거대 출판사가 되었다는 말이 있을 정도였다.

이것을 시작으로 와룡생의 무협소설들이 대거 번역되었다. 나중에는 다른 중국 작가들의 작품들도 와룡생이라는 이름으로 번역 출간되었고, 한편 이렇게 출간된 무협소설들이 대본소용으로 팔리기 시작했다.

최초의 대본소용 무협소설은 대만 작가 상관정上官鼎의 『침사곡瀋沙谷』으로 1972년에 출판되었다. 대본소 유통은 제작비가 덜 들고 안정된 수익이 보장되며 다수의 책을 소화할 수 있다는 장점 때문에 대량의 무협소설이 번역되는 요인이 되었다. 그러나 이 시기의 무협소설들은 저자와 내용을 확신할 수 없고, 상당수가 번안이었으며, 때로는 편저인 경우도 많았다.

편저라는 것은 이런저런 작품들에서 내용을 발췌해 짜깁기를 한 것을 말한다. 원작이 무엇인지 알 수 없게 되고, 이야기의 구조며 일관성 같은 것은 기대할 수 없게 된다. 거기에 번역할 만한 우수한 작품이 고갈되고, 성의 없는 번역까지 겹쳐져 독자들이 외면하는 상황이 오게 되었다.

위기는 기회라고 했던가. 이때부터 창작 무협소설이 나타나기 시작했다. 1979년 한국작가 김대식이 을재상인[7]이라는 필명으로 쓴 『팔만사천검법』은 침체된 무협계에 새바람

---

7. 을제상인이라고 알려지기도 했는데 을재상인이 맞다.

을 불러일으켰다. 번역 중국 무협소설보다 창작 무협소설이 더 재미있고, 잘 팔린다는 사실을 보여준 것이다.

이때부터 창작 무협소설이 활발히 나오기 시작했는데, 과도기적인 현상으로 실제 지은이는 번역자로 표기되고 작자는 와룡생이나 진청운 같은 중국 작가 이름을 쓰곤 했다.

이 시기에 가장 활발한 활동을 한 작가는 이연재였다. 그는 왕명상이라는 필명도 병행해 사용하면서 100여 편에 이르는 히트작을 냈지만, 그중에는 번역이나 번안 등이 포함되어 있어 창작 무협작가로서 제대로 인정받고 있지는 못하다. 그의 대표작은 『신풍금룡』과 『독목수라』 2부작, 그리고 『천무영웅전』이다.

1980년대에 이르자 번역 필명 시대를 지나 와룡생 등의 이름을 떼고 중국풍이긴 하지만 한국 작가의 필명으로 활동하는 시대가 왔다. 이때를 기준으로 번역 무협 시대와 창작 무협 시대를 나눈다. 그 선두주자는 1981년에 데뷔한 금강과 사마달, 그리고 이 두 사람보다는 조금 늦게 시작한 야설록과 고故 서효원(1959~1992)이었다. 그들은 80년대 무협의 4대 작가로 불리며 10여 년간 한국 무협계를 지배해왔다.

금강은 1981년 『금검경혼』으로 데뷔한 이래 『뇌정경혼』, 『영웅천하』, 『절대지존』 등의 작품을 냈고, 1987년 한국적 무협소설을 표방한 『발해의 혼』, 1999년 『위대한 후

예』를 쓰기도 해서 이 방면의 선구자로 인정된다. 무협게임 〈영웅 온라인〉의 시나리오 작업에 참여하기도 했으며, 21세기 웹소설 시대에 무협과 판타지 웹소설의 대표적인 사이트 중 하나인 문피아를 만들고 이끌기도 했다.

사마달은 1981년 『혈천유성』으로 데뷔하고 『절대무존』으로 이름을 굳혔다. 그는 글보다는 스토리에 재능이 있어서 데뷔작 외에는 전부 공저를 하는 특이한 작가이기도 했다. 그의 작품들은 그래서 그의 스토리를 이해하고 표현할 줄 아는 가필[8] 작가로 누구를 만나느냐에 그 수준과 작품성이 좌우되었다.

사마달의 가필 작가 중에 가장 유명한 사람은 그 자신 작가로 활발한 활동을 한 검궁인이다. 사마달은 검궁인과 공저로 『월락검극천미명』 등의 작품을, 일주향과 공저로 『십대천왕』 등을, 철자생과 공저해서 『구천십지제일신마』 등의 작품을 냈다. 한동안 그의 이름을 빌린 대명무협[9]만 나오다가 95년에 다시 유청림이라는 공저자와 함께 무협의 틀을 빈 정치 풍자소설을 표방한 『대도무문』을 냈고, 검궁인과의 공저작인 『월락검극천미명』을 『달은 칼 끝에 지고』로 개명하여 〈스포츠서울〉에 연재하기도 했다.

이후 『대도무문』을 공저한 작가 유청림과 함께 『서유기』

---

8. 기본 스토리를 받아서 글로 완성시키는 것을 말한다.

9. 실제로 쓰지 않았으나 이름을 빌려 책을 내는 것을 말한다

를 모티프로 한 『미후왕』이라는 소설을 여러 매체를 통해 연재하기도 했으며, 스토리의 재능을 살려 만화 스토리 작가로 자리를 잡아갔다.

야설록은 금강과 사마달보다 1년 늦은 1982년, 『강호묵검혈풍영』으로 데뷔했다. 80년대에 같이 활동하던 작가들과는 달리 비장미를 중시하고, 캐릭터 하나하나를 강조하는 작풍을 가져 주목을 받았다. 무협소설로 『표향옥상』, 『녹수옥풍향』 등의 작품을 냈고, 후에 만화 스토리 작가로 전업하여 스토리작가협회의 회장을 맡기도 했다. 만화가 이현세와 손을 잡고 만든 『남벌』, 『아마겟돈』, 『사자여 새벽을 노래하라』 등이 유명하다. 이 밖에도 현대소설을 쓰고 출판사를 경영하는 등 활발한 활동을 하다가 직접 게임 제작에 뛰어들어 무협 온라인 게임을 준비하기도 했다.

서효원은 대학 시절 위암으로 시한부 판정을 받고 이후 12년간 100여 질, 1000여 권의 무협소설을 쓴 뒤 33세로 요절했다. 그의 생애와 작품에 대한 이야기는 유고집 『나는 죽어서도 새가 되지 못한다』에 실려 있다. 짧고 건조한 문체로 빠른 스토리를 전개해나가는 그의 독특한 작풍과 굴곡이 없이 일정한 작품 수준에 반한 팬이 많다. 100여 편이 넘는 그의 작품 중 『대자객교』와 『실명대협』이 가장 유명하다.

4대 작가 외에 80년대를 풍미한 작가들로는 검궁인, 와룡강, 천중행/천중화[10], 냉하상, 청운하, 내가위, 유소백, 사우림 등이 기억될 만하지만 자세한 소개는 생략한다.

금강, 사마달, 야설록, 서효원, 이들 네 작가가 활동하던 80년대 초중반은 창작 무협의 전성기였다. 그러나 대본소 체제는 번역무협의 시대에 그러했듯이 필연적으로 다량 생산을 요구했고, 질적 저하를 불러왔다.

'와룡생'이 모든 무협의 저자명을 독식했던 것처럼 출판사는 사대작가의 이름으로 신인작가들의 책을 쏟아냈고, 영화와 프로야구 등 새로운 즐길 거리와 경쟁해야 했던 무협은 점차 어두운 만화방에서도 구석 자리로 밀려나 소수의 애호가들을 제외하고는 잊혀져갔다.

---

10. 한 사람은 스토리, 한 사람은 집필을 주로 한 공저자들이다

4

무협소설의
현재

중국 무협 – 황금시대의 종말과 새로운 가능성

1972년 김용이 절필했다. 1983년에는 고룡이 죽었다. 와룡생은 90년대까지 드문드문 작품을 발표했으나 실제로 그가 쓴 것인지도 모르고, 거기에 관심을 갖는 사람도 없었다. 그렇게 중국 무협의 황금시대가 저물어갔다.

1972년 발표한 『녹정기』를 끝으로 절필을 선언한 김용은 1994년 명보그룹 회장직을 끝으로 신문사 경영에서도 은퇴하고 중국으로 건너가버렸다. 1990년대, 냉전시대가 저물어가고 공산권 국가들이 경제와 문화의 문을 열기 시작한 때다. 중국 공산당은 그에게 절강대학 교수 자리를 주고, 해안에 별장까지 내주었다고 한다.

이후 중국에서는 그의 작품 세계를 재조명하고 각처에서 그의 작품들을 주제로 세미나가 열렸다. 현대에 이르러 중국 내에서 그의 작품은 문학의 새 지평을 연 것으로 인정되고 있다고 한다.

사실 공산화된 이후 그동안 중국 본토에서는 거의 무협소설이 창작되지 않았다. 대신 대만과 홍콩에서 출간된 작품들이 해적판으로 돌아다녔을 뿐이다. 그러나 김용이 건너간 이후로는 다시 창작이 시작되었는데, 대개는 구체적인 역사적 사실을 차용한 야담류의 분위기라고 한다. 『서검은구록』이 딱 그랬던 것처럼.

실제 '중원'의 모델이면서도 가볼 수 없던 죽의 장막 너머 중국 본토가 개방되고, 더 많은 인구의 잠재적 독자층과 접할 수 있게 되었지만, 역설적으로 무협의 생명력은 그 절정기를 지난 듯 보였다. 가볼 수 없기에 상상의 제약이 없던 무협이 그 야성을 잃어버린 것처럼도 보였다.

대만의 무협 역시 사정은 크게 다르지 않았다. 홍콩에선 김용과 양우생 외에 언급할 만한 무협작가가 없는데 반해서 대만에는 자신만의 독창적인 경향으로 일가를 이룬 작가들이 꽤 많았던 편이다.

현대의 조폭물과 비슷한 흑도무협을 즐겨 그린 유잔양, 귀파무협의 대가인 진청운, 고전의 품격을 지녔다고 인정받는 사마령, 대만 무협의 주류와는 달리 역사적 고증에 충실했던 운중악, 환주루주의 기환무협을 이어받았다는 동방옥 등이 그들이다. 대만 무협은 이런 작가들과 함께 50년대에 시작되어 60년대 중반 고룡의 등장 이후 70년대에 이르기까지 전성기를 누리다가 80년대에 김용의 작품들이 소개되면서 기울어가게 되었다.

고룡은 알코올중독자였는데 친구들과 술을 마시며 놀기 위해서 글을 썼다고 해도 과언이 아니라고 한다. 돈이 필요하면 출판사나 영화사에 가서 계약을 하고 돈을 받아 쓴 뒤 계약을 이행하기 위해 소설과 시나리오를 썼으니 말이다. 그는 병상에 누워서까지 술을 마시다가 1983년 피를 토하며 죽었다. 친구들은 술과 함께 살았던 그의 생을 기념하기 위해 마흔 아홉 병의 꼬냑을 따서 함께 묻어주었다고 한다. 고룡의 인생은 술과 친구, 낭만과 울분으로 점철된 영웅본색의 시대를 연상시킨다. 그리고 그의 죽음과 더불어 대만 무협의 전성기도 끝나버렸다.

1980년 이후에 나온 대만과 홍콩의 무협소설 중에서는 볼 만한 것이 극히 드물었다. 작품 이전에 작가가 거의 없었다. 그나마 황역黃易과 온서안溫瑞安이라는 이름이 눈에 띨 뿐이다.

온서안은 1954년 말레이시아에서 출생한 화교로 1971년 17세의 어린 나이에 시인으로 등단했고, 같은 해 홍콩의 무협잡지 〈무협춘추武俠春秋〉에 무협소설을 발표함으로써 무협소설가로도 등단했다.

그는 19살의 나이에 출판사를 세워 문학 활동과 사회운동을 하기도 했다. 그 결과 1980년 9월 25일 심야에 긴급 체포되어 군사재판을 받아 감옥에 갇혔다가 국외 추방을 당하기도 했다. 대만의 국민당 정부에 의해 반체제 인사로 분류되었기 때문이었다.

1981년부터 그는 홍콩에서 망명생활을 하면서 『신주기 협神州奇俠』, 『혈하차血河車』 등 중요 작품을 〈명보明報〉에 연재 했고, 1983년 대만으로 돌아와 그의 대표작으로 불리는 무 협소설 『사대명포회경사四大名捕會京師』와 『신상이포의神相李布衣』 를 출간해 선풍적인 인기를 끌었다.

온서안은 그 후 『사대명포진관동四大名捕震關東』, 『사대명포 투천왕四大名捕鬪天王』 등 이른바 '사대명포' 시리즈를 계속 써 냈는데 『사대명포회경사』가 드라마로 만들어졌으며, 한국 의 배우 차인표가 〈사대명포〉라는 제목의 드라마에 출연하 기도 했다.

〈사대명포〉는 냉혈冷血, 추명追命, 철수鐵手, 무정無情이라는 네 명의 포쾌捕快, 즉 오늘날의 형사들이 등장하는 작품으로 일종의 추리 무협이라고 할 수 있겠다. 차인표는 그중 철수 로 출연했다. 원작 소설은 아직 우리나라에 번역되지 않았 다. 사실 필자가 모 출판사에 추천해서 번역 작업을 했지만 명성에 비해 구성에 허점이 많고 작품 수준에도 문제가 있 어서 출간이 보류되었다.

온서안은 국내의 모 스포츠 신문에 『장군검將軍劒』이라는 작품을 연재했지만 몇 개월 못 가서 중단되었다. 이것도 위 번역본 문제와 같은 이유 때문이 아닐까 한다. 중국 무협의 황금기 이후 최고의 작가라는 온서안도 현대의 한국에서는 통하기에 부족한 것이다.

한편 황역은 홍콩을 중심으로 오늘날까지 활발하게 활동하고 있는 작가다. 국내에는 『복우번운覆雨飜雲』, 『심진기尋秦記』 등이 번역되었는데 아쉽게도 둘 다 완역되지 못하고 중단되었다. 『복우번운』은 명나라 개국 초를 배경으로 정통 무협의 법칙을 따라가는 작품이며, 『심진기』는 진시황의 시대에 현대인, 정확하게 말하면 현대의 특수부대 요원이 시간 이동을 해서 활약하는 이야기다. 요즘 한국에도 유행하는 퓨전 무협인 셈이다.

황역은 그 외에도 『대당유협전』 같은 초 장편 정통 무협소설을 쓰기도 했고 환타지적 요소와 무협적 요소를 섞은 이환소설異幻小說, SF적 요소와 무협적 요소를 섞은 과환소설科幻小說 등을 꾸준히 써오기도 했다. 이환소설의 대표작으로는 『파쇄허공破碎虛空』 3부작이고, 과환소설 대표작은 『능도우계열凌渡宇系列』 27부작이다. 그의 작품은 상당수가 드라마로 만들어졌고, 만화로도 많이 그려졌다. 『심진기』만 해도 국내에 만화로 번역되었다.

오늘날의 홍콩과 대만 무협계는 황금기에 비하면 거의 출간되는 소설도 없고 유명한 작가도 없다. 인터넷 커뮤니

티를 중심으로 젊은 세대들이 무협소설을 쓰고 있긴 하지만 대부분 퓨전 무협이고 정통 무협은 찾아보기 어렵다. 2000년에 손효孫曉라는 작가가 『영웅지英雄誌』라는 작품으로 대만에서 반짝 인기를 얻긴 했지만 그 외엔 별로 언급할 만한 작가가 없다. 적어도 홍콩과 대만에서는 무협소설의 인기가 시들었다는 이야기다.

한편 중국에서는 대중소설의 사회적 위치가 재평가되면서 무협소설의 의미에 대한 재조명도 이루어졌는데, 그 중심에는 중국으로 이주한 김용이 있었다. 그의 작품이 재발간되고, 그의 작품세계가 각 대학의 중문학과에서 연구, 분석되면서 오늘날 그는 '무협 문학의 대가'로서 대우받게 되었다는 것은 앞서 말한 바와 같다.

그와 함께 중국 전역에서 새로운 무협 쓰기가 시작되었다. 대개 실제의 역사적 배경에 협객이 등장하는, 김용의 초기작에 가까운 경향이다. 아직은 김용의 그늘에 가려져 있는 새로운 새싹이라고 할 수 있지만, 대만 무협이나 홍콩의 무협과는 다른 새로운 무협소설이 나타날 가능성은 언제든지 있다.

이와 관련해서 2005년 3월 8일, 중국 언론에 소개된 기사가 흥미로운 점을 보여주고 있다. 간략하게 요약하자면 중국 충칭시의 한 초등학교에서 선생님이 매일 싸우는 두 아이에게 '싸움 후에 남는 것은 상처와 아픔뿐'이라는 주제로 작문 숙제를 내줬다고 한다.

두 아이는 그 과제에 대해 무협소설을 써왔다. 각자가 주인공이 되어 상대방을 물리친다는 내용이었다고 한다. 반 아이들이 그에 이어서 무협소설을 썼다. 결국 이렇게 한 반 아이들이 모두 쓴 소설이 만들어진 것이다. 『장송연의張宋演義』라는 제목이 붙은 이 소설은 대단한 인기를 끌며 팔려나갔다고 한다.

실제로 90년대부터 인터넷 문학이 성행하며 신세대의 무협소설이 창작되기 시작했다. 초창기에는 창랑객滄浪客, 청연자靑蓮子, 장보서張宝瑞 등이 신진 작가로 이름을 알렸고, 2000년대 들어서는 무한武漢의 『금고전기무협판今古傳奇武俠版』, 2002년에는 정주鄭州의 『무협고사武俠故事』, 2004년 백화림白樺林의 잡지 〈신무협新武俠〉 창간과 함께 대륙 무협 시대가 열려, 한국의 현재와 비슷하면서도 약간 다른 하위 장르 경향이 태어났다. 각 경향들과 대표작은 다음과 같다.

> 홍콩 대만 신파무협을 계승한 전통 무협류: 봉가鳳歌의 『곤륜崑崙』
>
> 로맨스를 담고 있는 여성 무협류: 창월의 『혈미血薇』
>
> 코미디풍의 청춘 무협류: 소비小非의 『유협수수遊俠秀秀』
>
> 구미歐美 판타지문학을 차용한 판타지 무협류: 소정蕭鼎의 『주선誅仙』

즉 현재 대만, 홍콩, 중국의 무협소설도 인터넷으로 자리를 옮겨 새로운 창작의 시대가 열렸으며, 특히 대륙의 무협소설계는 여러 무협잡지의 창간을 계기로 21세기 대륙 신무협이라 부르는 새로운 무협의 조류를 만들어가고 있다는 이야기다.

과거 대만, 홍콩을 중심으로 발달한 중국 무협소설의 황금기는 확실히 끝난 것 같다. 그러나 문호를 개방하고 세계의 강대국이자 가장 거대한 시장으로 성장한 중국 본토에서는 과거에 뿌려진 씨앗이 다시 싹을 틔울 가능성을 보이고 있다.

한국 무협의 현재

창작 무협의 시대부터 중국무협의 번역 시장에서 독립한 한국의 무협은 그 후 본격적으로 독자적인 길을 걷게 된다. 80년대 무협 시장의 열기가 사그라지긴 했지만 씨앗은 죽지 않았다. 그리고 중국의 신파무협과 또 다른 의미에서의 뉴웨이브, 신무협의 시대가 발아되었다.

신파무협과 마찬가지로 한국의 신무협 역시 무협의 하위 장르가 아니라 일종의 새로운 경향에 붙여지는 호칭이다. 한국의 신무협은 사회문화적인 변화와 어우러지면서 몇 단계의 변신을 거치는데, 크게 나누면 90년대 신무협, 통신 연재 신무협, 웹연재 신무협으로 볼 수 있다.

그중 1980년대 무협의 활황기가 끝나고 동면에 들었다가 다시 되살아난, 최초의 신무협 운동에 대해서 먼저 살펴보자.

1990년대 중반 그 시절은, 정치·경제·문화 다방면으로 한국의 벨 에포크[1]였다. 군사독재가 끝난 문민정부의 시대에, 경제적으로는 유례없는 호황을 누렸고, 대중가요를 비롯 문화계 전반에서 다양한 흐름들이 융성했다. 그야말로 '응답하라'고 외쳐 부르고 싶을 만큼 아름다웠던 시절은, 몇 년 후 일명 IMF 사태, 외환위기의 암운이 덮쳐오기 전까지 빛을 발했다. 무협 용어를 빌리자면 마치 회광반조처럼.

한국의 신무협 운동은 바로 그 벨 에포크의 한가운데서 시작되었다. 전성기를 구가하던 80년대 무협계가 쇠퇴하고 대부분의 작가가 떠나는 시기가 88년, 89년이었다. 그들 중 다수가 만화 스토리계로 이적하며, 한동안 무협에서 멀어졌다.

하지만 90년대 무협의 토대는 완벽한 무에서 출발한 것은 아니다. 90년대에 들어 과거 유명 무협작가들이 관련된 출판사들이 자리를 잡았는데, 도서출판 뫼, 초록배매직스, 서울창작 등이 그것이다. 이 중 도서출판 뫼는 대작가 중 한 명이던 야설록이 설립한 것으로, 처음의 출발은 만화출

---

1. 아름다웠던 시절. 정확히는 제국주의 시기의 유럽 최전성기를 가리키는 말이다. 경제 · 사회 · 문화 방면에 걸쳐 낙관과 풍요가 넘쳐흐르던 시기다.

판이었으나 곧 무협출판에도 손을 대게 된다. 최초의 의도
는 새로운 무협의 부흥이라기보다는 과거 박스판 무협으로
나왔던 무협소설들을 신국판—서점용 책으로 재간하는 것
에 가까웠다.

이 도서출판 뫼가 한 명의 작가와 만나면서 90년대의
신무협이 시작된다. 그 작가가 바로 용대운이다. 용대운은
1980년대 무협의 낙조 때부터 무협소설을 쓰기 시작했다.
원래 83년에 두 작품을 써서 출간했으나 출판사에서 당시
시장의 관행대로 와룡생을 저자로 내세웠고, 작품의 제목
과 내용을 바꿔 출간하는 바람에 그의 이름은 알려지지 않
았다. 그 후 한동안 무협계를 떠나 있다가 90년경 다시 돌
아온 용대운은 또 다시 바뀐 시장의 관행대로 처음에는 야
설록의 이름으로, 나중엔 야설록 공저로 작품들을 낸다. 이
때 발표한 것이 『마검패검』, 『무영검』, 『탈명검』 등 그의 초
창기 대표작이다.

1990년대 초에 한 번 더 무협계를 떠났던 그가 다시금
돌아온 것은 1994년. 용대운은 이때 자신의 이름으로 도서
출판 뫼에서 『태극문』을 발표한다. 그리고 폭발적인 반응
을 얻는다.

이 성공으로 인해 도서출판 뫼는 80년대 무협의 서점판
형 재간이 아니라 새로운 작가의 신작 무협이 먹힐 수 있다
는 확신을 갖게 되고, 『태극문』의 책 말미에 모집 광고를 신

거나 공모전 등을 통해 신인 작가를 모으게 된다.

이렇게 모인 신인 작가들의 작품이 이듬해부터 시장에 선을 보이기 시작했다. 좌백, 풍종호, 장경, 진산, 이재일 등의 신인이 그들이다. 특히 그 중 좌백의 데뷔작인 『대도오』는 확실하게 이전 무협과 다른 경향을 드러내면서 '신무협'이라는 용어를 정착시켰다.

등단 과정을 보면 '태극문 키드'라고 볼 수도 있는 이 작가들은, 실질적으로는 80년대 무협의 독자로서 무협의 매력에 빠져 있던 세대이면서 동시에 당시 무협의 정형성과 엉성함, 캐릭터의 평면성에 질려버린 세대이기도 했다. 그래서 이들은 소재 면에서 참신성을 추구하고 캐릭터에 있어서는 인간적인 면모를 부여함으로써 입체적으로 그리려 시도했다.

이후 시공사 드래곤북스 등으로 신무협 운동의 경향은 계속되었다. 한 사조의 새로운 경향은 내용으로서만 나타나는 것이 아니다. 책의 몸을 이루는 판형은 서점용으로 재편되었고, 권수는 3~5권이 통상적이었으며 유통 라인도 변했다. 애초에 신무협은 서점 출간을 목표로 판형을 만들었지만, 실제로 가장 강력하게 떠오른 유통망은 도서대여점이었다. 이전의 만화방 유통보다는 고급화되긴 했지만 여전히 대여라는 시스템에서 벗어나지 못했고, 몇 년 후 대한민국을 덮친 IMF의 여파로 전국에는 수많은 도서대여점들이 자리를 잡는다.

대여라는 시스템은 필연적으로 회전율을 중심으로 돌아가기 마련이다. 한정된 영업 공간에서 더 많은 이득을 창출하려면 자주 빌려가고 빨리 반납되는 책을 여럿 갖춰두는 것이 실험적인 신인의 작품을 다양하게 갖추는 것보다 낫다. 신무협 작가들의 집필 경향과는 어그러지는 것이다.

하지만 대여점의 시대도 영원한 것은 아니었다. 1990년대가 저물고 밀레니엄이 다가오면서 바야흐로 온라인의 시대가 열렸다. 초기에는 하이텔, 천리안, 나우누리와 같은 PC통신의 연재 게시판을 통해 판타지, 호러 등의 장르소설들이 폭발적인 인기를 끌게 된다.

그리고 무협에서도 이 통신 연재의 붐을 타고 전동조의 『묵향』이 나왔다. 『묵향』은 내용과 서술방법에 있어서는 80년대 무협을 닮았지만 무협과 판타지의 퓨전을 시도하면서 주목을 받았다. 마교의 교주인 주인공이 판타지 세계로 넘어가 활약한 것이다. 이를 계기로 인터넷에서 순수한 재미로 연재를 시작했던 많은 작품들이 책으로 출간되기 시작했다. 이것이 통신 연재 신무협의 시작이다.

통신 연재 신무협의 특징은 기타 장르와의 퓨전이라는 것도 있지만, 그보다 중요한 특징은 90년대 신무협이 가진 무거운 분위기에서 탈피해 청소년에게 쉽게 다가가는 가볍고 경쾌한 스토리 구조와 언어유희 등 라이트한 경향이다.

유기선의 『극악서생』을 거쳐 검류흔의 『비뢰도』로 이어지는 흐름들이 대표적이다.

책으로 출간된 이 통신 연재 무협들도 상당수가 '신무협 소설'이라는 타이틀을 달고 있었다. 90년대의 '신무협'이 80년대 '구무협'에 대응하는 반대항적인 경향으로서의 '새로움'을 추구했다면, 통신 연재 신무협의 '신'은 오히려 이전 시기의 유산을 욕심껏 계승하되 전에 없던 젊은 소재와 발상들을 끌어들이기 시작했다.

이 시대의 통신 연재 무협들은, 일단 통신에 연재되어 인기를 끌게 되면 연재분을 정리해 책으로 출판되는 형태를 띠었다. 통신 연재란이 일종의 전시 시장과도 같은 역할을 했던 것이다. 바로북, 프로무림 등 온라인을 통한 전자책 판매의 맹아가 없었던 것은 아니나 주도적인 시장은 여전히 대여점 유통이었다.

그러나 갈수록 기술의 발전이 빨라지고 문화와 세태 또한 급변해가면서 같은 온라인이라도 PC가 아닌 스마트폰, 모바일의 시대로 옮겨갔다. 드디어 웹소설의 시대가 열린 것이다.

공교롭게도 웹소설에서 무협 붐을 본격적으로 일으킨 작가 역시 『태극문』의 용대운이다. 〈스포츠투데이〉 연재로 시작된 『군림천하』를 매체를 옮겨 지금까지도 이어가면서 한국 무협 최고의 대하드라마를 만들어가고 있다.

『군림천하』의 웹 연재가 시작된 북큐브를 필두로 80년 대 무협작가였던 금강이 운영하는 문피아 등 많은 웹 연재 공간이 활성화됐고, 네이버나 다음카카오 같은 대형포털도 무협과 로맨스를 포함한 웹소설 컨텐츠 사업에 뛰어들어, 물량으로 보면 그 어느 때보다 폭발적인 시장이 형성되었고, 장영훈, 우각, 오채지 등등의 신인 작가들도 활약하게 되었다.

통신 연재 시대와 다른 웹소설 시대의 특징은 연재만으로도 수익이 확보되기 때문에 더 이상 연재가 전시 시장의 역할에 국한되지 않고, 오프라인 출판과 별개로 독립적인 시장 구축을 함으로써 대여점 주도의 유통에서 벗어났다는 것이다. 권수에도 제약이 없으며, 신인들도 연재할 원고만 있으면 뛰어들 여러 가지 매체가 있다. 단기간에 폭발적으로 증가한 시장이기에 아직 해결해야 할 문제들이 많지만, 웹소설 시장은 여러 가지 가능성을 보여주고 있다.

이런 웹소설의 시대에도 여전히 '신무협'이라는 용어는 유효하다. 무엇에 비해 새롭다는 것인지 불분명한 상황에서도 버릇처럼 신무협이라는 타이틀은 이곳저곳에 붙는다. 어떤 면에서 이러한 현상은 여전히 '신무협'에 대한 고민이 유효하다는 의미일 수도 있다. 무엇이 새롭고 무엇이 낡은지, 그리고 무협의 미래는 어떤 것인지에 대한 해답을 찾는 움직임은 지금도 현재 진행형이다.

새로운 무협을 위하여

신무협에 대한 추구는 좀 더 재미있는 무협을 좀 더 잘 쓰기 위한 고민이다. 오래된 무협의 전통은 무조건 배격되어야 하는 것이 아니라 그 중 이미 재미를 잃은 부분만이 극복되어야 하는 대상이다.

중국에서는 '신파무협' 한국에서는 '신무협'이라는 이름으로 새로운 무협에 대한 갈망이 끈질기게 이어져 오는 이유가 대체 뭘까? 따지고 보면 무협이라는 이름에 굳이 연연할 이유가 없을지도 모른다. 정말 새로운 이야기를 쓰고자 한다면 무협을 아예 떠나 환상소설을 추구해도 안 될 것이 없다.

그럼에도 신무협이다. 그 이유는 무협이라는 오래된 장르가 가진 매력을 쉽사리 포기하고 싶지는 않지만, 그러면서도 새로운 재미를 추구하고 싶다는 갈망이 아니고서는 설명하기 힘들다.

웹소설 시대에 맞는 무협을 어떻게 쓸 것인가. 그 역시 기본은 똑같다. 우선은 무협을 알아야 한다. 오랫동안 이어져 오는 무협의 전통을 잘 이해하되, 새로운 시대에 맞는 새 소재나 새로운 인물형과 결합하고 새로운 이야기 형식으로 꽃을 피워야 한다.

정리하면 쉽지만 막상 실행하려 하면 어려운 이것이 웹소설 시대, 아니 그 이전 시대에도 항상 당대의 무협을 쓰려는 작가들이 추구해야 할 목표다.

여기서 또 하나의 근본적인 질문을 던져보자. 왜 우리는 무협소설을 읽는가. 더 노골적으로는 왜 한국인이 '중국을 배경으로 중국인이 활동하는 이야기'를 읽는가?

이 의문에 대한 답처럼, 보다 한국적인 무협을 추구해야 한다는 과제는 무협작가들 사이에 항시 대두되곤 했다. 이것은 다시 '한국을 배경으로 한 한국인의 무협'과 '무협의 틀을 빌어 한국의 이야기를 하는 것' 두 가지로 대별할 수 있다.

전자는 고향하와 성검이 1969년에 발표한 『뇌검』을 필두로 김병총의 『대검자』, 유재주의 『검』, 이병천의 『마지막 조선검 은명기』, 최근에는 장산부의 『무위록』 등이 나왔으나 무협적이지 않거나, 역으로 한국적이지 않아서 한국 무협소설이라는 영역을 개척했다고 말하기에는 아쉬움이 있다.

'무협의 틀을 빌어 한국의 이야기를 하는 것'에 대한 시도는 1992년 아침에서 나온 김영하의 『무협 학생운동』이 저음이다. 이 작품은 학생운동사를 무협식 용어로 기록한 것이다. 풍자소설 중 하나로 볼 수 있다. 유하는 무협 용어로 시를 써서 『무림일기』라는 시집을 발표하기도 했는데, 성격은 다르지만 무협적 상징을 다른 목적을 위해 이용하는 예를 보여주었다는 점에서는 같은 계통이라고 말할 수 있다. 또 1980년대 무협의 대표 작가였던 사마달도 유청림과 공저로 가상 정치 무협소설 『대권무림』을 낸 바 있다. 그

후에 그는 무협식으로 한국의 경제계를 그린 『무림경영』을 쓰기도 했다.

'한국적 무협소설'은 중국을 배경으로 중국인을 등장시켜 만들어온 무협소설들에 대해 한국인으로서 당연히 갖게 되는 정체성의 혼란에 대한 경계와 반감을 표현하고 있다. 한국을 무대로 한 한국인의 대중소설, 읽을 거리를 찾는 욕구는 당연히 있을 법하며, 그런 점에서 무협의 한국화는 반드시 추구되어야 할 길인지도 모른다.

하지만 한국 무협의 정체성을 한국의 사회 문화 코드의 직접적 언급에서만 찾을 수 있을까? 그런 면에서 전혀 다른 방향성의 고민이 오히려 무협이라는 장르의 본질에 보다 부합될 수 있다. 다시 한 번 질문해보자. 왜 우리는, 가상이라고는 해도 중국을 배경으로 하는 무협소설을 쓰고, 또 읽을까?

그 답은 그것이 '중원'이기 때문이다. 무협소설의 공간인 중원은 중국인에게는 현실에서 땅을 디디고 있는 곳이지만 한국인에게는 상상의 여지를 만들기 위해 의도적으로 도입된 판타지의 공간이다.

소림사가 있는 숭산은 실제로 가보면 우리나라의 남산 크기밖에 안 된다. 하지만 남산에 호랑이가 있다고 하면 다들 웃지만, 숭산에 호랑이가 있다고 하면 그럴지도 모른다고 생각하는 게 한국인이다. 모르는 만큼 상상력의 여유 공간이 생기는 것이다. 이것은 현대에 와서 생긴 경향이 아니라 과거에도 그랬다.

조선시대 말엽의 영웅소설과 군담소설, 즉 『박씨전』이나 『구운몽』 같은 한글 소설의 상당수가 중국을 배경으로 중국인이 주인공으로 나와 활약하는 이야기였다. 한국에서 중국은 판타지의 공간으로 받아들여졌던 것이다. 그럼으로써 꿈같은 이야기, 허무맹랑한 이야기가 비웃음의 대상이 아니라 즐김의 대상으로 받아들여질 수 있었다.

하지만 이제 시대가 바뀌었다. 현실의 중국과 판타지의 중국을 구분하지 않음으로써 성립되던 무협적 세계의 애매함은 한편으로는 현실의 중국이 마음만 먹으면 언제든 갈 수 있는 가까운 땅으로 바짝 다가옴으로써, 다른 한편으로는 보다 판타지적인 공간이 소개됨으로써 양쪽에서 공격을 받아 토대가 흔들리게 되었다.

우리는 소림사에 달마역근경을 익힌 전설의 고수가 더 이상 없다는 것을 이미 알고 있다. 경공이니 장풍이니 하는 것이 다 중국인 특유의 허풍임을 알게 되었다. 모르고 있을 때는 판타지의 영역이었지만 알게 되면서 중국, 중원은 현실의 땅으로 끌어내려진 것이다.

한편 판타지의 영역은 더 이상 중국이라는 애매한 공간을 빌려오지 않아도 되었다. 그냥 환상의 땅 아르카디아라고 해도 이야기는 얼마든지 펼쳐나갈 수 있다. 작가들도,

독자들도 더 이상 그런 것을 따지지 않게 되었다. 그럼으로써 무협의 존재 기반 자체가 흔들리게 된다.

이건 이미 중국에서도 보이고 있는 현상이다. 고답적인 무협의 법칙들을 무시, 파괴하고 이질적인 요소인 판타지와 섞어놓은 퓨전 경향, 청소년에게 쉽게 다가가는 개그 경향의 소설이라는 것은 무협이 현대의 대중문화와 섞이면서 반드시 겪게 될 하나의 길인지도 모른다.

새로운 무협을 만들기 위해서, 무협이 박제된 구시대의 장르로 끝나게 하지 않기 위해서 우리는 그런 새로운 경향과 요소들이 무협 안으로 들어오는 것을 두려워하지 않아야 한다.

오히려 면면한 무협의 역사를 살펴보면 무협의 활성화 시기에는 항상 다양한 시도들이 있었다. 근대무협 시대에도 무술의 테크닉에 집중하는 격기무협으로, 드라마에 집중하는 협정무협, 조직 간의 쟁투에 집중하는 방회무협, 그리고 환상적인 세계로 독자를 끌어들이는 검선무협 등 다양한 흐름들이 존재했으며, 서양문학의 기법을 흡수하기도 하고, 팩션의 기법을 도입하기도 하면서 무협은 계속 발전해왔다.

웹소설 시대의 작가들에게 필요한 것도 그러한 도전 정신, 그리고 무협에 대한 끝없는 탐구와 무한한 상상력이다.

작법

무협을 쓰려는 이에게
보내는 편지

좌백

간혹 무협을 어떻게 하면 잘 쓸 수 있는가 하는 질문을 받을 때가 있습니다. 대부분은 퉁명스럽게 '그걸 알면 내가 잘 썼겠지'라고 흘려버리고 말지만, 간혹 무슨 성의가 뻗쳤는지 긴 답장을 보낸 적도 있습니다.

이 글은 그런 답장들과 그간 무협 쓰기와 관련해 여기저기 기록했던 잡문들을 다듬어, 무협을 쓰고자 고민하는 사람들에게 편지 형식으로 정리해본 것입니다. 체계적이지도 않고 경험담 위주이며 고민에 대한 답보다는 제 고민이 더 많이 실렸기에, 어쩌면 병을 치료하러 왔다가 '나도 그 병 걸렸어'라는 고백을 의사에게 듣는 황당한 기분이 될지도 모르겠습니다만, 각설하고 나름대로의 답을 써보고자 합니다.

무협소설을 잘 쓰는 요령이 있습니까?

사실 어떤 장르의 소설이든, 아니 소설이 아니라 무릇 글이라는 것을 잘 쓰기 위해서는 고전적인 충고가 최고이자 유일한 방법이라고 생각합니다. 오래된 금언인 다독多讀, 다작多作, 다상량多商量이겠지요.

첫째, 다독, 많이 읽어야 합니다. 무엇보다 무협소설을 많이 읽는 것이 좋습니다. 무협을 잘 쓰기 위해서는 무협에 대해 많이 알아야 하니까요.

하지만 무협만으로는 안 됩니다. 왜냐면 무협소설은 가공의 이야기고, 중원을 모델로 하지만 누구도 '이것이 진짜 중원이다' 라고 무협소설 하나를 성전처럼 내세우지 못합니다. 천 편의 무협소설이 있으면 천 개의 중원이 있습니다. 거기서 너무 많이 벗어나면 무협이 아닌 다른 어떤 것이 되어버리고 말 테지만, 다른 사람이 만든 중원을 무작정 따라한다면 고만고만한 무협 중의 하나가 되어버릴 것입니다. 그러니 많은 무협소설을 읽고 자신의 무협 세계—중원을 창조하는 뼈대로 삼을 수 있어야 합니다.

과거에는 무협의 자료는 중국 무협소설뿐이었습니다. 그 자신 무협 마니아였던 작가들이 오랫동안 읽고 정리한 옛 무협의 자료들, 무공 이름, 영약 이름 등을 비급처럼 아끼며 문하제자들에게만 은밀히 공유하곤 했죠. 검궁인 비급, 금강 비급, 용대운 비급 같은 게 이 계통에선 유명했던 시절이 있습니다. 어느 문파의 명승지가 무엇이고, 절기가 무엇인지를 정리해서 자료집처럼 만든 것이었죠.

이것들이 뼈대가 되고 이후의 자료들에 살이 붙어 최근의 인터넷에는 훨씬 많은 자료들이 돌아다니고 있습니다. 이것들을 참고하는 것이 좋지만, 좀 더 그럴듯하게 만들려면 또 다른 공부가 필요합니다.

소림사를 제대로 묘사하고 싶다고 소림사에 몇 번이고 가보는 것만으로는 부족하고, 엄밀히 말하자면 그럴 필요도 없습니다. 오히려 한국의 절과 승려생활, 불교의 기본교리 같은 것에 대해 공부하는 편이 쉽기도 하고 도움도 될 겁니다. 승려가 어떻게 밥을 먹고 똥을 싸는지는 이쪽이 더 자세하고 정확할 테니까요. 거기에 사람 사는 세상과 사는 법에 대한, 종교인이라면 이렇게 할 법한, 종교인, 비종교인을 불문하고 그렇게 생각하고 느낄 법한 점들을 버무려 넣으면 꾸며낸 이야기라도 생명을 갖게 되는 것이죠. 무협뿐 아니라 많은 책을 읽을수록 더욱 생생하게 살아 있는 중원을 만들 수 있습니다.

둘째, 다작해야 합니다. 수천 번 수만 번 같은 초식을 반복 연습해 절대의 경지에 이르는 고수의 이야기가 작가에게도 통합니다. 많이 쓰는 것이야말로 글을 잘 쓸 수 있는 비결이지만, 이건 실천하기가 쉽지 않습니다. 당장 저부터도 그렇습니다.

게다가 또 한 가지 함정도 있지요. 무작정 많이 쓰는 것이 오히려 독이 되는 경우도 있기 때문입니다. 특히 무협소설은 기본이 초장편적인 성격을 지니고 있는 데다, 최근 웹소설 연재의 경향상 넘쳐나는 수많은 소설들 중에 독자의 주목을 받기 위해서는 하루에도 수차례씩 많은 분량을 연재해야만 합니다. 그러다 보면 신인 작가들은 본인이 감당하기 힘든 집필량을 소화해야 하고, 고민이 부족한 채로 쪽대본 쓰듯이 뒤의 이야기에 쫓기게 됩니다. 이런 상태에서의 다작은 작품의 질에 좋은 영향을 미치기 힘들죠.

그래서 다독, 다작만큼 중요한 것이 셋째, 다상량입니다. 아무리 많은 자료를 읽어도 그걸 생생하게 만들기 위해서는 상상력이 필요합니다. 아무 생각 없이 다작하는 것보다는 생각하고 또 생각하는 것이 정말 영양가 있는 다작이 될 것입니다.

세상을 보는 눈을 키우려면 많은 공부가 필요합니다. 어려운 공부가 아니라 그게 무슨 책이건 많이 읽으며 생각하고, 다른 사람과 이야기를 하며 생각하고, 혼자 또 생각하며 쌓은 것, 그런 것이 세상을 보는 눈을 만들어주는 게 아닌가 합니다.

세상일에 정답이 없고, 철학이나 종교가 꼭 옳은 답을 주는 것도 아니니 나만의 생각, 조금 이상하다 싶은 생각이라도 깊이 숙고한 것이라면 설득력을 갖출 수 있습니다. 때론 어설픈 생각이라도 공감을 얻을 수도 있고요. 아무 생각도 없이 쓰는 것만 아니면 동조자를 얻을 수 있고, 그런 경험과 생각이 쌓이다 보면 더욱 설득력을 갖출 수도 있지 않을까요.

그게 결국 좋은 글을 쓰려면 다독, 다작, 다상량을 하라는 고전적인 교훈으로 돌아가게 되는 이유가 아닌가 싶습니다.

무협소설에서 중요한 것은 무엇일까요?

간단하게 말하자면 '캐릭터'와 '이야기'라고 생각합니다. 이 두 가지는 내공과 외공 같은 거랄까. 작가에 따라서 주된 특기 분야가 달라집니다. 그리고 두 가지 모두 매우 중요하죠. 둘 다를 자세히 다루기엔 지면이 부족하기도 하고, 저 자신 더 깊게 고민해본 것이 캐릭터에 대한 문제라 여기서는 캐릭터에 대한 이야기를 좀 해볼까 합니다.

"주인공에게 즐거운 일이 생겼을 때는 히죽거리면서 썼고, 억울하고 분한 일을 당했을 땐 이를 갈고 울면서 썼어."

한국인으로는 최초로 번역이 아닌 창작 무협을 쓴 『팔만사천검법』의 저자 을재상인 님의 말입니다. 순문학으로 등단해서 문학잡지 주간과 편집장을 하던 분답게 이분의 소설 속 캐릭터들은 입체적이고 강렬해서 정서를 뒤흔들고 심혼을 끌어당기는 힘이 있습니다. 그래서 설사 이야기 전개가 마음에 안 들거나 작품 스타일이 취향과 다르다고 하더라도 한 번 잡으면 끝을 볼 때까지 놓을 수 없게 하는 힘을 가졌죠.

캐릭터가 잘 그려진, 소위 살아 있다고 말할 수 있는 소설에는 이런 힘이 있습니다. 스토리가 구태의연하거나 허점이 있거나 뒤가 뻔히 보이는 등 상상할 수 있는 모든 약점에도 불구하고 보게 하는 힘, 그것도 빠져들어서 보게 하는 힘을 발휘하는 게 이런 소설들의 특징입니다.

단점 또한 있습니다. 그것도 많이 있습니다. 독자가 캐릭터에 빠져들게 하려면, 공감하고 열중하게 하려면, 그래서 캐릭터의 즐거움이 독자의 즐거움이 되고, 캐릭터가 겪는 고난의 가시밭길을 같이 아파하며 걷게 하려면 먼저 작가가 캐릭터와 같이 호흡해야 합니다. 자기가 창조한 인물에 동화되고 만다는 것이 이런 캐릭터 위주의 소설가에게 어쩔 수 없이 따라오는 운명입니다.

졸저 『비적유성탄』의 주인공 왕필은 할 일도 없고, 하고 싶은 일도 없다는 중증의 무기력증 환자입니다. 덕분에 쓰기가 무척 힘들었어요. 주인공에게 옮았는지 저 또한 중증의 무기력증에 빠져서 도무지 쓸 마음이 생기지 않는 겁니다. 나중엔 이것 때문에 우울증까지 걸려서 병원에 다니며

약을 먹어야 했습니다.

『소림쌍괴』라는 일종의 개그무협을 쓸 때의 일입니다. 무협소설의 주인공들이 대개 그렇잖아요. 젊은 나이에 절벽에서 떨어지거나 교룡의 내단을 얻거나 해서 엄청난 내공을 거의 공짜로 얻는, 소위 기연을 통해 천하제일의 고수가 되는 게 대부분 아닙니까?

이런 흐름에서 벗어나기 위해 늙은 주인공들을 내세웠습니다. 정석대로 기초부터 시작해서 오랜 시간과 정성을 들여 수련함으로써 차근차근 무공이 상승해 마침내 고수의 반열에 오른 소림사의 두 무승 이야기입니다. 단지 그렇게 하는 데 걸린 시간이 백 년이 넘어버리는 바람에, 고수가 되었더니 곧 죽게 생긴 두 주인공이 이제 무엇을 하는가 하는 이야깁니다.

전작의 우울한 분위기를 떨쳐버리고 좀 더 밝고 희망찬 분위기를 연출해보고 싶어서 이런 이야기를 썼습니다. 시작할 땐 좋았죠. 발단이 일반적이지 않다 보니 여러 가지 웃지 않을 수 없는 상황들이 만들어졌습니다.

하지만 시작한 지 얼마 지나지도 않아 큰일 났다고 비명을 지르기 시작했습니다. 유쾌한 분위기를 그리고 코믹한 이야기를 쓰려면 저 자신 유쾌한 기분, 농담을 하고 싶은 기분이 되어야 하는 겁니다. 그런데 우리네 사는 일들이 그렇습니까. 늘 유쾌하고 누구에게라도 농담을 던지고 싶어지는 그런 때라는 건 쉽게 오지 않는 것 아닙니까.

덕분에 유쾌하고 즐거운 이야기를 쓰기 위해 유쾌하고 즐거운 기분이 되려고 '매우 고통스럽게' 노력하는 상황이 작품을 시작한 후 일 년 넘게 이어졌습니다. 자신이 창조한 캐릭터에 너무 몰입하는 바람에 벌어지는 일입니다. 그런데 이런 부작용도 각오하지 않고 무슨 캐릭터를 그릴 수 있단 말입니까.

"이거 다음엔 이런 이야기가 전개되어야 하거든. 근데 캐릭터가 거부하는 거야. 그렇게 하기 싫대. 자긴 이쪽으로 가고 싶대. 억지로 내가 처음에 구상한 이야기로 끌고 가봐야 소용없어. 나중엔 결국 썼던 거 다 지우고 캐릭터가 원했던 쪽으로 다시 써야 해. 그래야 이야기가 되는 거야."

제게 무협 쓰기를 가르쳐주신 사부님인 『군림천하』의 저자 용대운 님이 토로하신 이야깁니다.

그래서 이분이 연재를 오랫동안 중단하고 있다는 이야기를 들으면 '아 또 캐릭터랑 싸우고 계시는구나' 하는 게 이분을 아는 동료 작가들의 생각입니다.

캐릭터를 만드는 것은 작가지만 일단 만들어진 캐릭터는 작가가 마음대로 할 수 없는 독립된 인격처럼 움직입니다. 잘 만든 캐릭터일수록 그렇습니다. 사실 그렇지 않으면 잘 만든 캐릭터가 아닌 거지요. 자식 맘대로 하는 부모 없다지 않습니까. 상상의 산물인 소설 속 캐릭터도 그렇습니다.

저희들끼리는 '이야기를 주로 하는 작가'와 '캐릭터를 주로 하는 작가'라는 구분을 하곤 합니다. 둘 다 잘하는 작가도 있겠지만, 전 본 일이 없습니다. 그리고 통상 이런 평가가 뒤따릅니다. 전자에 해당하는 작가는 캐릭터가 밋밋하고 후자에 해당하는 작가는 이야기가 이상하다고요. 보통 장점과 단점은 따라다니는 법입니다. 쾌활하면 덜렁거리기 쉽고, 음침한 대신 꼼꼼할 수 있는 거지요.

고전 추리소설에서 흔히 그렇습니다만, 시작부터 끝까지 주요 사건과 전개 등을 꼼꼼하게 짜놓고 집필하는 작가가 있습니다. 이런 작가의 경우, 그리고 이런 이야기의 경우 캐릭터가 개성적이기보다는 밋밋한 게 좋습니다. 그래야 어떤 이야기 전개에도 무리 없이 맞추어 행동할 수 있기 때문입니다. 우유부단한 캐릭터는 반항하는 일이 적습니다.

한편 소설을 쓰기 전의 준비 작업 중 캐릭터 생각에만 7할을 투입하는 작가들이 있습니다. 시놉시스 같은 건 쓰지도 않지만 만약 이런 작가에게 시놉시스를 쓰라고 하면 매우 장황한 캐릭터 설명에 비해 매우 간략한 스토리 구상을 보여줄 겁니다. 캐릭터에 대해서는 태어나서부터 사건이 시작될 때까지의 과거사와 성격을 드러내는 자잘한 일화들, 심지어는 사주팔자와 체질까지도 말하는 반면 스토리 구상은 매우 간략하게 하는 게 이런 작가의 스타일입니다.

'어떤 캐릭터가(주절주절) 천하제패하는 이야기'라고 한 문장으로 말하는 작가도 본 일이 있습니다. 저도 좀 그런 스타일인데, 변명하자면 자세하게 짜놓아 봤자 캐릭터가 안 따라오면 말짱 도루묵이기 때문에 그렇습니다. 그러니 차라리 캐릭터를 만들어서 무대에 풀어놓고 맘대로 해보라고 하는 게 훨씬 효과적인 거지요.

그럼 이런 캐릭터는 어떻게 만드는 걸까요. 잘 모르겠습니다. 저도 그걸 아직 잘 못해서 늘 고민하고 있습니다. 아, 그러니 하나는 확실한 듯하네요. 고민해야 합니다. 캐릭터를 잘 만드는 법에 대해서가 아니라 인간이란 무엇인가에 대해서 고민해야 합니다.

모든 캐릭터는 그걸 만드는 작가의 마음속 어떤 부분의 반영입니다. 하지만 자기 속에서만 캐릭터를 꺼낸다면 모든 캐릭터는 나의 반영이고, 모든 이야기는 나 자신의 이야기가 될 것입니다. 그러므로 나 말고 다른 사람들은 무엇을 생각하고 어떻게 사는지 관찰하고 이해하려 노력하고 총체적인 그림을 그리려 노력해봐야 합니다.

고 최인호 작가는 수업 시절 길거리에서 스치는 사람들을 무작위로 찍어서 무작정 뒤를 좇아다니곤 했다는 글을 읽은 일이 있습니다. 걸음걸이부터 복장, 무얼 하고 누굴 만나는지, 어떤 집에서 살고 무얼 직업으로 하는지를 관찰했답니다. 그러면서 끊임없이 저 사람은 무슨 생각을 하는

지, 사물을 어떤 식으로 보고, 받아들이고, 재해석하는지를 상상하곤 했다지요. 이해는 관찰로부터 시작된다는 좋은 본보기입니다.

우리는 책이나 영화, 기타 다른 매체들을 통해서도 많은 캐릭터를 만날 수 있습니다. 내가 아닌 누군가가 만든 캐릭터고, 매체의 종류에 따라 깊은 접근도 가능하니 실제 인물을 관찰하는 것보다 손쉬운 관찰법입니다. 그걸 흉내 내라는 뜻이 아닙니다. 그걸 이해해봄으로써 내 사고의 지평을 넓힐 수 있습니다. 내 식으로 다시 그려봄으로써 나와 다른 타인의 정신세계를 들여다볼 수도 있습니다. 내가 어떤 편견, 나만의 동굴을 가지고 있는지 확인하는 것은 덤으로 얻는 이득입니다. 그리고 바꾸어봅니다.

타인이 만든 캐릭터를 내가 만든 무대 위에 올려놓으면 어떤 이야기가 전개될까 상상해보는 것만으로도 많은 것들을 얻게 됩니다. 이것은 일종의 사고실험입니다. 서로 다른 상황에 놓인 같은 캐릭터가 어떻게 움직이는지, 같은 상황에 놓인 다른 캐릭터는 또 어떻게 움직이는지. 머릿속으로 생각하고 때로는 손으로 그려보기도 하면서 내가 만들 수 있는 캐릭터의 깊이를 더해가고 외연을 넓히는 겁니다.

그 다음엔 숙성 과정이 필요합니다. 어떤 상황이 닥쳐도 캐릭터가 어떻게 반응하고 어떻게 말할지, 또 행동할지까지 그려질 정도가 되기 위해서는 오랜 숙성의 과정이 필요합니다. 저는 때로는 한 캐릭터를 떠올려서 마침내 소설로 쓰게 되기까지 십 년이 걸린 일도 있습니다. 며칠 만에 생각해서 바로 풀어놓고 같이 뒹굴고 구르며, 시행착오를 겪어가며 고생한 일도 있지만요. 그러니 결국 중요한 건 속도가 아니라 정도, 그러니까 깊이와 넓이인 것 같네요.

　빠르건 느리건 숙성은 필요하고, 짧았건 길었건 그 과정을 통해 나온 캐릭터로 인해 고생하는 건 같습니다. 아, 물론 즐거움도 함께죠.

무협작가는 어떻게 살아야 할까요?

예전에 처음 습작하러 뫼 출판사를 찾아갔을 때 제 첫 번째 사부님인 이경면 씨는 "이 바닥에서 작가로 살아남으려면 글을 잘 쓰거나 아부를 잘해야 하는데, 댁은 아부엔 소질이 없을 것 같으니 열심히 써야겠다"는 말씀을 하시더군요.

　저는 작가가 아부를 누구에게, 왜, 어떻게 해야 이 바닥에서 살아남는다는 건지 지금도 이해를 못합니다. 그리고 사실 그쪽에 소질도 없죠. 글까지 잘 안 돼서 6개월간 매일 원고지 100매씩 쓰고, 지적받으면 지우고 전혀 다른 내용으로 다시 쓰는 식으로 습작을 했지만, 6개월째에 그때까지 쓴 두 권 분량의 원고를 못 쓰겠다는 최종 판정을 받고 정말 난 글에도 소질이 없나 보다 하고 그만두려 했지요.

그때 잡아준 게 용대운 님이었고요. '네 글을 읽어봤는데 가능성이 있어. 조금만 더 노력해보자' 라는 그분의 말에 깜빡 넘어가 다시 죽치고 앉아 쓰게 된 글이 제 처녀작인 『대도오』였고, 나중에 알고 보니 당시 작가 사무실에 있던 다른 작가들도 모두 용대운 님한테 똑같은 이야기를 듣고 속아 넘어갔다더라 하는 이야기는 아는 사람들은 다 아는 이 바닥의 흑역사입니다. 각설하고 역시 작가는 글을 잘 쓰려고 노력해야지 아부, 혹은 남들과 잘 지내려고 노력하는 건 좀 아니지 않나 싶어 말씀드립니다.

20여 년간 작가 생활을 하면서 글을 못 써서, 혹은 잘 쓰지만 운이 안 맞아서, 또는 끈기가 부족해서 붓을 꺾은 작가는 많이 봤지만 성질이 고약하고 친구가 없어서 그만뒀다는 작가는 본 일이 없습니다. 이름을 말할 수는 없지만 성격 개차반인 작가들도 수두룩하지만, 사실 저부터 그렇지만 작가로는 잘 사는 게 보통입니다. 글도 잘 쓰고 성격도 좋아서 대인관계가 원만하면 좋겠지만, 솔직히 그런 작가는 본 일이 드뭅니다.

무언가 빈 곳이 있거나, 결함이 있거나, 트라우마가 있어서 일반적인 기준으로는 사회부적격자, 병자에 가까운 사람들이 오히려 글에 색깔이 있어 읽을 만한 글을 쓴다는 편견도 가지고 있죠. 그리고 그게 사실입니다.

그리고 그래서 자연스럽게 귀결되는 결과입니다만 작가는 원래 외로운 거예요. 웃고 즐기고 술을 같이 마셔줄 친구들은 얼마든지 있을 수 있지만 글을 대신 써줄 수 있는 친구는 없으니까요. 아무도 대신 써줄 수 없고, 대신해서 고민해줄 수도 없고, 해결해줄 수도 없는 궁지에 몰려서 어쩔 수 없이 혼자임을 자각하는 그때 작가 자신만의 글이 오롯이 나오지 않나 하는 생각도 합니다.

저는 아시다시피 마누라가 작가지만 글을 쓸 때는 결국 혼자 해결해야 한다는 사실 앞에서 절망하며 꾸역꾸역 쓰고 있습니다. 부부 사이라 해도 대신해 줄 수 없는 게 글쓰기인 거죠.

그러니 외로움은 작가에게 있어서 결함이 아니라 오히려 필수인 거고, 외롭지 않은 것, 외롭지 않다고 느끼는 기간이 오히려 작가에겐 독이라고 생각하고 경계해야 합니다. 행복한데 왜 글을 쓰겠어요.

물론 작가들이 이해관계 없이 서로 만나서 좋은 영향을 주고받는 것까지 부정하는 건 아닙니다. 용대운 님과의 만남이 제게 그랬죠. 그리고 그 전의 사부인 이경면 씨와도, 그 후에 여러모로 조언을 해주신 선배 작가님들께도 그런 점에서는 감사를 드리고 있어요.

그분들은 오랜 경험을 통해, 또 공부를 통해 습득한 게 있고, 그걸 가르쳐주시는 데 인색하지 않으셨죠. 단지 받아들이는 건 제몫이라 들은 당시에는 귓등으로 흘리기도 하고, 수긍해서 따르기도 하고, 무시했던 것도 오랜 시간 후에 다시 생각해보고 받아들이는 경우도 있고, 저건 결코 배우지 말아야겠다고 생각해서 반면교사로 삼은 것도 있죠.

그러니 좋은 쪽이건 나쁜 쪽이건 제겐 다 배움의 기회가 되었다는 점에서 고마운 일입니다. 생각해보면 세상에 아무리 옳고 좋은 말이라도 지금 이 순간의 내게는 맞지 않는 게 있을 수 있잖아요. 자기 자신을 기준으로 해서 지금의 나에게 도움이 되는 걸 말하는 사람이 싫다고 해서 버리지 말고, 이름 높은 사람이라고 해서 무조건 따르지 말고 걸러 들어서 받아들이는 능력이 작가에겐 필요한 것 같아요.

저는 후배들에게도 많이 배웁니다. 이재일이나 한수오 등의 비평은 항상 귀담아 듣고 오래 새긴 후에 선배들에게 들은 말과 마찬가지로 받아들일 건 받아들이고, 아닌 건 뒤로 밀어두죠. 결국 세상을 산다는 건 죽을 때까지 공부하는 거라잖아요.

오래 전 후배 작가 아무개의 글을 읽고서는 이러이러하게 바꾸는 게 더 낫지 않겠냐는 조언을 한 일이 있는데, 이 친구가 한참을 고민하더니 "당신 말대로 하면 확실히 더 나을 것 같긴 하지만 그렇게 하진 않겠다. 왜냐하면 그렇게 하면 그건 자기 것이 아니니까"라고 하더군요.

이게 현명한 일인지에 대해서는 논란의 여지가 있겠지만 태도 자체는 좋다고 생각합니다. 자기를 지키는 게 최우선인 거죠. 아니라는 게 뻔한 길을 가서 망가지는 한이 있더라도 최소한 자기 생각대로 하다가 망하면 남을 원망하진 않을 수 있잖아요. 그 과정에서 배우는 것도 있을 테고.

참고로 말하자면 이 친구랑은 지금도 좋은 관계로 지내고 있습니다. 그리고 나중에 하는 말이지만 그땐 제 말대로 했어도 안 됐을 거예요. 왜냐하면 제가 제시한 방향을 무리 없이 소화할 정도의 실력이 없을 때였으니까요. 자화자찬을 하는 게 아니라, 제가 그런 걸 경험해봐서 하는 말입니다. 생각만 앞서고 글 실력이 못 따라갈 때는 결국 글이 망가집니다.

그러니 어떻게 생각해도 옳은 말이지만 어쩐지 안 내킨다 싶을 땐 이런 측면도 있지 않나 생각해보세요. 아직 저대로 구현할 실력이 안 된다는 것을 내 몸이 경고하고 있는 건 아닌가 하고.

뭐니 뭐니 해도 다른 사람이 쓴 좋은 글, 소설이 최고의 스승입니다. 좋은 글을 보면 세 번 이상 읽는데, 첫째는 그 글이 어디가 좋은가를 보며 읽고, 두 번째는 그 글이 어디가 나쁜가를 보며, 나 같으면 이렇게 안 쓰고 어떻게 쓰겠다고 생각하며 읽고, 마지막 세 번째는 그 글을 잊어버리기 위해 읽는 방법이 있죠.

이건 첫 번째 사부님인 이경면 씨에게 배운 건데, 지금도 좋은 글을 볼 때는 저렇게 하려고 노력하고 있습니다. 제 생각엔 이걸 대체할 정도로 좋은 수련 방법이 없는 것 같아요. 그러니 이번에 제 편지에서 뭐 하나 건질 수 있다고 하면 기왕이면 이 부분이었으면 좋겠습니다. 제 오리지널은 아니지만 사용해보니 아주 좋은 도구더라 하는 마음에 추천하는 거예요.

주변 사람들 일에 너무 신경 쓰지 마세요. 그게 독자건, 동료 작가건 말이죠. 우리가 가장 신경 쓰고 잘해야 하는 일은 글을 잘 쓰는 겁니다. 그리고 잘 쓴 글이라는 건 내 마음에 드는 글이고요.

자뻑에 취해 살라는 말은 아니고. 자기 스스로 정한 목표를 항상 마음에 두고 거기 가까워지려고 노력하는 것, 전보다 조금 더 그 목표에 가까워진 것, 그게 잘 쓴 글이 아닐까 생각하며 하는 말입니다.

간혹 발을 헛디뎌서 망하는 경우도 있지만 대체로 저는 이 기준에 따라 조금씩 나아지는 길을 가고 있다고 생각해요. 그래서 다음엔 조금 더 나아지기를 바라며 새 글을 쓰죠. 그러다 보면 주변에서 뭐라고 하건 별로 신경이 안 쓰여요. 외로울 때도 있지만 결국은 이게 옳은 길이라고 저는 믿고 있습니다.

　이제 무협소설을 쓰기 시작한 지 20년밖에 안 된, 아직은 많이 모자란 작가의 경험담입니다. 이름은 모르지만 무협을 쓰고자 고민하는 당신에게 조금이라도 도움이 되길 바랍니다.

2016년 5월

좌백

무협을 이해하는 데 도움이 되는 책

참고도서

『무협소설의 문화적 의미』, 전형준 지음, 서울대학교출판부, 2003

성민엽이라는 필명으로도 활동했던 중문학자 전형준 교수의 무협소설 연구서. 대중문학의 하나로서 무협소설의 문화적 의미를 짚어보고, 중국의 구파. 신파 무협소설 및 한국의 무협소설 현상에 대해 다루고 있다.

『한국무협소설의 작가와 작품』, 전형준 지음, 서울대학교출판부, 2007

『무협소설의 문화적 의미』 이후 발표한 책으로 서효원, 야설록, 용대운, 좌백, 진산, 백야, 문재천, 장상수 등 한국 무협작가들의 작품을 개별 분석한 책.

『한국무협소설사』, 이진원 지음, 채륜, 2008

국악연구자인 이진원 교수의 무협사 연구서. 일제강점기의
무협소설 및 번역 초기의 무협소설에 대해 상세히 다루고
있다.

『강호무림최종분석』, 오현리 지음, 달과별, 1997

무협의 기초적 지식. 문파 및 각종 무공과 초식, 중국 무협
영화 등을 소개한 무림백과.

『무협』, 문현선 지음, 살림, 2004

무협이라는 코드로 읽을 수 있는 중국문화의 여러 측면에
대한 이야기.

『강호를 건너 무협의 숲을 거닐다』, 량셔우쭝 지음, 김영수 외 옮김, 김영
사, 2004

중국전통문화 연구가이자 무협소설 평론가인 저자가 『사
조영웅전』『초류향』『촉산검협전』 등 수백 편의 무협소설
을 분석하고 해설하여 무협을 재조명하는 책.

『책 속으로 떠나고 싶은 당신을 위한 무협 안내서』, 진산 지음, 피커북, 2015

무협 추천서 30선과 각 작품에 대한 해설서. 전자책으로만
출간되었다.

읽을 만한 작품들

『사조영웅전』 김용 지음, 김영사, 2003

원래 제목은 『사조삼부곡射雕三部曲』으로, 국내에서는 『영웅
문』 3부작으로 알려진 김용의 대표작. 원명교체기의 중국을
배경으로 역사와 가상이 어우러진 영웅들의 이야기.

『혈기린외전』, 좌백 지음, 시공사, 2003

남의 인생을 대신 살게 된 가난한 집안의 아들이 무림에 뛰
어들며 겪는 인생 역정, 협객이란 무엇인가를 본격적으로
다룬 한국무협.

『묵향』, 전동조 지음, 스카이미디어, 1999~

통신무협의 시대를 이끈 퓨전무협의 대표작. 판타지 세계
와 무림 세계, 성별을 오가는 자유분방한 기담.

『무림사계』, 한상운 지음, 로크미디어, 2007

느와르 풍의 무협소설. 누구도 믿을 수 없는 각박하고 비열
한 강호에서 살아남기 위해 누구보다 독해진 한 남자의 생
존기.

『군림천하』, 용대운 지음, 북큐브

현재 연재 진행형인 초장편 무협. 사부의 유지 한마디를 받들어 군림천하 하기 위해 고군분투하는 진산월의 성장기.

『용비불패』, 문정후·류기운 지음, 학산문화사, 1998~

유쾌한 현상금 사냥꾼 용비가 벌이는 모험담. 완성도면에서 많은 찬사를 받고 있는 한국 무협만화의 대표작.

국립중앙도서관 출판예정도서목록(CIP)

웹소설 작가를 위한 장르 가이드. 6, 무협 / 지은이: 좌백,
진산. — 서울 : 북바이북, 2016
    p. ;   cm

ISBN 979-11-85400-33-4 04800 : ₩9800
ISBN 979-11-85400-19-8 (세트) 04800

소설 작법[小說作法]
무협 소설[武俠小說]

802.3-KDC6
808.3-DDC23   CIP2016011650

웹소설 작가를 위한 장르 가이드 6
무협

2016년 5월 13일 1판 1쇄 인쇄
2016년 5월 23일 1판 1쇄 발행

지은이	좌백, 진산
펴낸이	한기호
펴낸곳	북바이북

출판등록 2009년 5월 12일 제313-2009-100호
주소 121-839 서울시 마포구 서교동 484-1 삼성빌딩A동 2층
전화 02-336-5675 팩스 02-337-5347
이메일 kpm@kpm21.co.kr
홈페이지 www.kpm21.co.kr

ISBN 979-11-85400-33-4 04800
     979-11-85400-19-8 (세트)

북바이북은 한국출판마케팅연구소의 임프린트입니다.
책값은 뒤표지에 있습니다.